绝代风华

盛开在旧时光里的奇女子

山亭夜宴——著

C1S｜湖南人民出版社

孟小冬

　　一个有天分的女人，若嫁给个平凡的丈夫，在世人眼里是那男子庸碌无能，凡有点骨气的，时间久了没人能经受得住；若跟了个同样天资的男人，既要有武松打虎的精神头，更要有长期抗战的耐力。何况，同列天才的行列，到底谁衬托谁好？

陆小曼

　　"其实我不羡富贵，也不慕荣华，我只要一个安乐的家庭，如心的伴侣，谁知连这一点要求都不能得到，只落得终日里孤单。"她如《花间词》里春喜秋悲的深宅少妇，她的世界充满了爱与自由。

赵一荻

　　一见钟情尚不足以动人心魄，而一段英雄救美则足以让人从好感到倾心电光火石。爱上一个风光的男人，隐忍是唯一能留在他身边的方式。热烈如火是她，为爱奔赴一切，幸好，幻想中的日子来得不算晚。

张爱玲

　　朋友之中，生得她一样的性格，不太让人愿意亲近；若只在文字中与她结识，则会欢喜地咀嚼她的文字。或许发觉当初只是一场迷惑，或许是真的错过太多。正如张式文字给人的感觉，华丽、荒凉，仿佛熟悉了一辈子，离开时无声无息。

唐怡莹

　　女子的聪明才智，有的用在婚嫁上，有的用在自己身上，图谋个好出路。精明如她，她自然懂得这个道理。民国四少，与之闹过绯闻的有两个，足以让她赚足传奇色彩，让有心人羡慕去，让无心之人冷嘲热讽去。

潘玉良

　　豆蔻之年……遇上了她生命中的贵人，她不及普通女子的温婉妩媚，甚至有些男儿气，偏偏入了英气伟岸的潘赞化的眼，他虽非身穿铠甲踩着五彩祥云，却风度翩翩。生活的颠沛流离更是激发了她在艺术上的创作激情，她的画有一种饮尽凉薄的爱之味。

陈香梅

　　两弯高飞的眉毛，惊悚地直飞上云霄。这是面逆风招展的旗帜，她的眼角眉梢，飞扬而自由，她的天空之下，精彩依旧。她说：没有爱情的生活是枯燥的，一个人一定要多交朋友，生活才快乐，也一定要有感情生活，那样才幸福。

周璇

　　《马路天使》里的邻家小姑娘，一推开窗，逗着笼子里的鸟，偶尔会哼支清甜的小曲。她身世扑朔迷离，是漂泊在上海滩一颗孤独的灵魂；她才华出众，秀口一张就是歌坛的半壁江山；她美艳绝伦，却注定拥有纷繁复杂而又难以割舍的爱情。

黄柳霜

　　她用一生走了一条艰难充满荆棘的路。民国老照片中大多是黄昏般的茶色相片，女明星们卷着大朵大朵的波浪发型，娇小、细瘦、衣着保守，永远的童花头和布袋。她的特立独行引发的多米诺现象，将她的后辈们甩开半个多世纪。

阮玲玉

　　面对生活的难，她总是自我消化；面对爱，她也总是坚持自己所想。侧脸仿佛对着天边的一角，明明在微笑，却流露着哀婉悲伤。像有一种永远抒发不尽的悲伤，惹人怜爱。她是天生要成为悲剧戏演员的人。过暖的温度，会灼伤她的凉薄。

　　这大概是头一回给自己写的东西写前言，修改整理时看六七年前的文字感觉很微妙，原来当时的想法是这样的，多不合适……

　　原来，文字就是这么平铺直叙地记录着变化，当时的人或事。这是我第一本出版的书，酝酿具体内容时父亲生病，每天下班赶去医院，母亲说见一次少一次。书稿还没写完，一切都变了，存在电脑文档里，像压在箱底无须被记忆的东西。时间从此有了分割线，那之前，那以后，写作的想法一点一点溜走了。

　　人会走上哪条路，成为怎样的人，看似是随机无意义的，毕竟普通人总在差不多的范围兜兜转转，有的人一跃而上，仿佛奇迹；有的人急流勇退，仿佛从不曾认识过；还有的人，跌跌撞撞着偏离。命运与偶然看似并无关联，在遭受非凡的"眷顾"之后，人会变得卑微而认命，想要抓住一点点可靠的，从此安分守己。

　　孟小冬与梅兰芳分手时，杜月笙出面调停，嫁入杜家也算有了归宿；周璇从香港回到内地，张爱玲离开上海，从此一去不返，命运截然不同；抱憾好莱坞的黄柳霜郁郁而终；潘玉良孤身待在法国，等着夫家的消息，等着团聚；徐志摩走了，陆小曼不能出席丈夫的葬礼；赵一荻守得云开见月；唐怡莹热闹一场，不枉来这世界一趟；出入白宫的陈香梅，在丈夫陈纳德去世后开启职业生涯；蝴蝶飞走了，带走了阮玲玉。

从前遥望她们的悲喜哀欢，仿佛一眼看到头，命运易懂，却难承受。

不管多大的伤痛也要克制情绪继续上路，她们是岁月里的浪花，起起伏伏。张爱玲早已与世界告别。曾经财大气粗的陆家，父亲、丈夫、前夫都走了，晚年的小曼一口一口抽着烟，在氤氲里叫人难以分辨。黄柳霜看透了好莱坞对华裔女性的傲慢拒绝。不恋爱不结婚的潘玉良在法国终老去世。人言可畏，阮玲玉承受不了这么重的命。周璇的歌声从巷子里传来，又消逝了……压在箱底的文档重新整理起来，她们的故事如电影般回放出来，要是这世界上有一件事值得去做，选自己喜欢且不知疲惫的。看着文档里她们的名字、褪色的模糊相片，觉得传奇无须多言，镜头扫过之处便是动人之处，悠然绽放。

将近一个世纪前的民国女子，被时代簇拥上历史的镜头，人们关注她们的生活、情感、时髦打扮。从前吵过的架至今余烬未熄，有过的感情竟可以这样隽永，牵丝攀藤，没完没了。

我们太平凡了，只好从她们的身上试图多了解一些人生，既然无法拥有传奇，又无法离开现状，通过她们的悲欢离合或许能参透一点现实的寡淡，增长些阅历与对世间万物的认知。

知道的多了，听来听去都是悲伤的事。我有了个习惯，看看这位正风光时，那位正在经历什么，即使同一个时代也生活在各自的平行世界里，试图了解更多的细节，连带地看到那些年份也有了伤怀的气息。

她们在乱世里奔波，我们在平静岁月里各自模糊。

文字荒凉而冷色，我修改着笨拙而词不达意的句子时，仿佛拜访故居，因为还记得过去的路，循着路想起从前的事，有些伤怀，又感慨记忆是真实的，并未随着时间消退，世间并无多少余地留给普通人，好在还有文字记载一路。

或许，还有清晰的一天，留作他日认出彼此。

目录 / mulu

第三章

赵一荻

第四章

张爱玲

第五章

唐怡莹

第六章
潘玉良

第七章
陈香梅

第一章

孟小冬

一 / 那一曲冬皇恋歌

一个女人生得再美再好，若没有几段动人心魄的坎坷绝恋，至少是一段，怕是不足以惹人玩味咂摸的，充其量也只是个布偶，起初有些新奇，久了，便要怪她不解风情。

从小阁楼上收拾出半爿陈年旧报，剩下的一小角里内容大致是上海滩大亨做寿，名伶到场，轰动一时。小报是外婆用作包裹几件瓷器的，平日藏在箱底，轻易不拿出来。外公十三岁时来了上海做小生意，旧闻轶事记忆犹新。虽则小报的原文已不可辨，外公却说，文中记载的是当时上海滩大亨杜月笙六十大寿的事。我却惊异，为何记得如此清晰？他说，那之后，当时一个很有名的伶人不唱了。

那个人，就是"坤伶老生"孟小冬。她告别舞台，大约是在1947年8月之后，从她1925年在京初登台，整整22载。正青春年华，她本是女娇娥，又不是男儿郎，她的风华绝代裹挟着男儿郎的傲骨英姿。

那一年里，年仅18岁的小冬在京登台，一炮而红，彼时，还遇见了她生命中的恋人，一身龙袍的"刘秀"，遇见了他的"虞姬", 她尊称他一声"梅大爷", "英雄"和"美人"就这样狭路相逢。

出生于上海的小冬, 早在她13岁时便对这位誉满大江南北的梨园名伶心生向往, 只是当时她还只是个小小伶人, 躲在帷幕后悄悄仰慕。如今, 一个是须生之皇, 一个是旦角之王, 似水流年里, 最无情的还是岁月, 终当将这出戏推到了一起。王皇同场, 一曲游龙戏凤, 珠联璧合, 美好到连旁观者都忍不住撮合这双佳偶。

若这世上真有时光机, 能赶回到过去把这动人心魄的一幕都录下来, 那么现在, 我们也能细细体会两个心心相印之人在眉目流盼间那份深深感动。以她的才华、容貌, 找个家底殷实的男子原不为过, 但女子, 尤其是才华横溢的女子, 怎能不怀揣着点小私心、小虚荣, 等着一个能让自己倾慕的男子踩着五彩祥云为她而来, 纵然他早已婚配。

电影《梅兰芳》里有一段, 戏台上一折《梅龙镇》, 戏里的伶人有心灵相契的喜悦, 楼上座位里的妻子福芝芳看得动容含泪, 她真是伤心欲绝, 虽也是出身曲艺世家, 嫁了人后, 戏就丢了。她站在一个男人背后成全他的伟大和风光无限, 在柴米油盐里湮灭, 到头来却又怎比得上能走到他心里的小冬? 看着饰演福芝芳的陈红噙着泪, 不禁让人唏嘘良久。

他四处唱堂会时, 带着她合演《四郎探母》, 一时琴瑟和鸣。人生若只如初见, 在红尘中奔波的你你我我都似这般良辰美景, 抛却一时的琐事烦扰, 只得一人在旁相守, 或许夫唱妇随, 或许高山流水。

（正接唱）好人家来歹人家，不该斜插这海棠花。

扭扭捏捏捏扭扭十分俊雅，风流就在这朵海棠花。

（凤接唱）海棠花来海棠花，倒被军爷取笑咱。

我这里将花丢地下，从今后不戴这朵海棠花。

在戏台上，他赠她一朵海棠花，如花般美好、快乐，她替他戴上这朵海棠花，心意默允。

遇见小冬之前，他已有两房夫人，原配夫人王明华长年卧病在床，二房福芝芳替他料理生活，精打细算。

旧戏文里，伶人们身着一袭彩色的衣衫，像是将生活的底色也给照亮了出来，不由得要人感叹流年岁月里仓促而荒凉的人情世故。看戏的人，喜欢本子上才子佳人的金玉良缘，见不得前缘已尽的悲欢离合，只因我们都知道得太多太多，不忍心，更不甘心没有一段能被成全的好姻缘。

相片里，黑白相间，消融进了记忆的斑驳，一个眉目清秀，一个温文儒雅，眼神一致地看着镜头，幸福如斯，安稳平静。

要说两个人最后的结合，起初是沾着几分因缘际会，若是要处在一起，到底还是要些无巧不成书的"折子戏"段子。喜欢看戏的人，最期待的莫过于才子佳人的春光明媚，仿佛是自己力不能及的夙愿，转嫁他人表情达意出来，竟还这般地切合。

他是"小家碧玉"的李凤姐，守着一家酒铺子；她是微服私访的"正德"，目睹了"美人"的多姿摇曳。转眼间，她又是一门忠魂的"杨四郎"，英姿飒爽；他是辽人的"铁镜公主"，端庄明丽。这对阴阳颠倒的首席名角，而且还是颠倒得最好看的，便是小报记者们不好事，怕是听他俩戏的观众都深感遗憾。

大热天里，小冬一身便装的杨四郎登场，头上留有刘海，淡妆素净，不施脂粉，她唱着"要相逢除非是梦里团圆"。梅兰芳一身便装的铁镜公主上场，他将西装外套解了去，着件白衬衫，唱完"我本当驸马消遣游玩"，举了丝帕望一眼，台上的"驸马"眉清目秀，对唱快板时，你追我逐，这一来，引得台下一阵哄笑，两人旗鼓相当，大获成功。

梅兰芳去"捧"孟小冬的场，坊间的流言蜚语不胫而走，便是角儿们自个儿心里无意，听者们也要念叨了。连长期卧病在床的大夫人王明华都极力促成这桩婚事，加之一群戏迷们的撮合，郎有情妾有意，人间美事。

嫁一个比自己大14岁的男子，年岁是大了些，好在他们彼此欣赏心灵相通。当年一份《北洋画报》刊登署名"傲翁"的文章，题目是《关于梅孟两伶婚事之谣言》，原文如下：

"著名老生坤伶孟小冬，近来成为谣言家的目的物，在下曾在本刊第五期说过一次，想读者多还记得。在下当日并且劝告孟小冬，学学碧云霞，快点儿嫁个人，免得人家常拿她来开心。听说小冬已采纳我的劝告，决心找个丈夫，这未来的新郎，不是个什么阔佬，也不是什么督军省长之类，却是那鼎鼎大名的梅兰芳，梅兰芳现在年纪才不过三十，不能算是'老'，然而'阔'的一字，他可很够得上呢！"

他们的结合大约在相识的一年后，仓促了些，以至于具体日程如今已难以确凿。我问爱听戏的外婆，可记得当年这段轰动一时的旧闻，外婆摇了摇头，早已记不清了。

　　两个人相遇时无论怎样的牵动人心，终也抵不过与子偕老的安稳契阔。

二／传奇哪堪情薄

　　成名后的小冬，爱慕者众多，其中有一个是奉系军阀，张宗昌。这位张大帅在军阀史上算得上赫赫有名，前有林语堂特地撰文写他，近有李敖为他撰写文章。此外他的外号也诸多："长腿将军""三不知""狗肉将军""混世魔王"等，更是现代厚黑学的祖师爷。他不知自己麾下兵有多少，账上钱有多少，连自己女人有多少也不知道，最壮观的一次带着80多个妻妾上街显摆，扰民。虽认字不多，大老粗一个，却能说一口流利的俄语，还是山东大学的创办人之一。

　　从小冬初登台后，张宗昌便对这位文艺界清秀俊美的坤伶心驰神往。孟小冬从上海去京城时，在济南停留了一段时期做演出，恰恰也在济南的张宗昌又起了歹念，所幸后来接到上司张作霖的电报紧急赴京公干，小冬才躲过一劫。

　　乱世里，女子要替自己做主，没有个依靠是万万行不通的，即便你人前尊贵，走下戏台，你不过是个逗人取乐的戏子，何况还是一个柔弱且貌美、名声在外的单身女子。京城是小冬的福地，她在此名满天下，也结识了一干梨园行的老前辈，梅兰芳自不必说，连他的原配夫人王明华也有心拉拢她，替丈夫与她之间的婚事穿针引线，帮着她嫁入梅家。

旧时的女子在现时看来当真是体贴入微，处处替自家的男人张罗，连娶妾之事都细致地揽过来。乍看似乎真不介意多几个女人来分享丈夫，仔细想一下，除此而外，大屋下的女人还能有别的选择吗？不如自己替丈夫选一个，好坏说出去都是夸自己贤惠。所以，王明华的选择，不能不说是按着点私心的。

只要家里女人多了，事情就绝不像表面上看起来的那么简单，何况，梅家大屋下的男男女女个个都是名角儿，群英荟萃。

王明华知道自己的病好不了，表面上以养病为名避走天津，家里上上下下都交给福芝芳一手打理，实则是看不惯她的处事独揽，用今天的话说叫"霸道"。梅兰芳身边的几个朋友也不喜欢这位二房夫人。精于勤俭持家的女人对和丈夫"混"在一起的一班狐朋狗友都挺不感冒的，觉得他们不上进不说，还威胁到了夫妻间的相处。本来嘛，当家的到处挣钱养家，一年到头也见不着几回面。

一边是军阀张宗昌的隐患，另一边是梅家大夫人和戏友的撮合，梅孟的天作之合是顺理成章之事。关于这段旧事的记载可见署名"傲翁"的作者在天津《北洋画报》上刊载的一篇文字，如下：

"梅娶孟这件事，最奇的是这场亲事的媒人，不是别人，偏偏是梅郎的夫人梅大奶奶。据本埠大陆报转载七国通信社消息说道：梅大奶奶现在因为自己肺病甚重，已入第三期，奄奄一息，恐无生存希望，但她素来是不喜欢福芝芳的，所以决然使其夫预约小冬为继室，一则可以完成梅孟二人的夙愿，一则可以阻止福芝芳，使她再无扶正的机会，一举两得，设计可谓巧极。不必说梅孟二人是十二分的赞成了，听说现在小冬已把订婚的戒指也戴上了。在下虽则未曾看见，也没得工夫去研究这个消息是否确实，只听说小冬已下定决心嫁一个人，与我的希望甚合，所以急忙先把这个消息转载出来，证实或更正，日后定有下文，诸君请等着吧！"

伶人们在台上唱着缠绵悱恻的折子戏，戏迷们穷追不舍挖掘角儿们的情真意切处，从古至今皆是如此。婚后的小冬过起了"金丝鸟"的日子，惹得从前一众戏迷们深感遗憾。二十多年后，上海另一位女子说过：最恨的是，一个有天才的女孩忽然结了婚。她就是张爱玲，这句话不知是否受此影响的有感而发，从时间上推算，她们是在同一个时代里红透了的两拨人。

在台上演惯了男儿身的孟小冬，性格中怎能不沾些男儿气呢？若是换作别人，受点委屈，守着像梅大师那样的男人，也觉得是很好的归宿了，但她不愿。才华横溢、独立、倔强、傲气，通常这些词汇用来形容男子才贴切、才是褒义词。而她这样的一个女子，即便放到现在，真有几个男人能不在心里先倒吸一口凉气？纵然她爱的人是梅兰芳。

写到这里，忽然想起莫文蔚的一首歌，"越是相爱的两个人，越是容易让彼此疼"。梅孟之恋，成全的只是一对寂寞的恋人，他们诠释的是一段现代职场情侣的纠结——两个工作能力同样出色的职场强人，对彼此的才华一见倾心，又要像个现代人一样打拼事业，在战火烽烟的年代里要保住身家性命，再加上家里女人不止一个的事实，旧时光里的不妥之处占尽，现时的无奈之处揽全。让这些给压着，这爱，是不是被挤得显着太轻了？

《梅兰芳》的电影里，看到孙红雷饰演的邱如白对着饰演孟小冬的章子怡说，谁要是毁了他的这份孤单，谁就毁了梅兰芳。他们两人的孤单，却不能成就彼此的伟大。听得让人无限心酸，虽不是所有伟大之人都由孤单来成就，可他们中大多数不外乎如此。

既然是爱情，那么悲剧才合适。

离了舞台的小冬，遭到一个疯狂粉丝的上门堵截，导致一名无辜者死亡，这件事对梅孟的打击很大，报纸更是铺天盖地地报道，满城风雨。从一开始就反对小冬过门的福芝芳，在这件血案发生后喊出："大爷的命要紧！"一个有心经营的女人，总能见缝插针地给予反击。有着男儿气的小冬怎受得了这样的冷落，何况连梅兰芳亦对她做了冷处理。

女人经得起女人间的刻薄，却受不起一星半点儿恋人对她的忽视。

离开她熟知的戏台，梅家大院的门她从未踏进过半步，婚后一直暂住着别处，既不用打理梅兰芳的起居，也无家可持，孟小冬算是被这个男人给放逐了。那边厢，却是福芝芳跟着他去天津演出，一派夫唱妇随的其乐融融。女人最气的，并不一定是丈夫的不懂体贴呵护，而是明知她内心充满委屈，却还和另一个女人作幸福状，是落井下石的讥嘲。

心高气傲的女子会想着法子替自己出头，至少不能受了委屈不吭声，孟小冬一心想着重返舞台，早在两人结合时，她便提出过。大男子主义的梅兰芳顾虑重重，以会被人说养不起家为由拒绝了小冬的提议。孟小冬复出的消息未演先红，这件事闹到后来虽是夫妻重归于好，但不能不说彼此心里毫无芥蒂。梅兰芳心里明白，像孟小冬这样的烈性女子，不是他能够驾驭得了的，而以一个大师的身份，也不该在儿女情长上多作计较。

围在梅兰芳身边的有两拨人，一拨是拥孟，另一拨是拥福，就像是贾、黛、钗，对孟最为不利的一条理由是"智囊团"里有人对梅兰芳提出，福芝芳持家有道，她会服侍人，而孟小冬却要人服侍。女人要上得厅堂，福、孟兼而有之，下得厨房的却只有福芝芳。

无论哪个女子，再怎样工于心计，只要出发点是为了她爱的这个男人，不管一路上真真假假磕磕碰碰的诸般原因，到头来不也是能化成一段佳话吗？

三／ "广陵绝响" 艺术巅峰的灿然谢幕

生活再苍凉，我们的快乐也挺多的。我们是普通的大众，之所以我们的快乐还多些，是因为当摆高了姿态下不了台时，只要我们心意改变了还能继续走下去，不怕有谁会笑话自己，我们就是那么平凡，为了生活能屈能伸，每个人都是这么过的。

梅兰芳率团访美这一举，赢得了空前声誉，也亏空了一大笔钱。赴美前，他留下几万块的钱分别给了福、孟，在美演出期间因一夫一妻制受到的思想冲击，以及回国后所见孟小冬的手上花费用尽、福芝芳的节俭有余，对他日后的决定不无影响。随后，一手带大梅兰芳的大伯母去世了，前来梅家吊唁的宾客却不见梅家的三夫人孟小冬身影，当时怀有身孕的福芝芳以性命相逼不让小冬进家门，照当时的规矩，小冬进了梅家尽了"梅夫人"应尽之职，便算是梅家的人了。

被拦在门外的小冬受到二房的阻拦，连她爱的这个男人都不能替她做主，虽然心中仍然不能割舍，也实实在在看到了他的软弱，以及二房的强悍。结婚三年，从未踏进过梅家一步，外表看来傲气凌人的女子，实则也尝尽了委屈心酸。

外表越是高傲的人，心里就越充满了一个完美的自己，并非定要门当户对的匹配，但对另一半的执着也如同艺术上追求完美。遇上了梅兰芳，孟小冬是找对了开头，放眼梨园行，可还有人比得过他？无论当初是否真的因为张宗昌的威胁，让她起了嫁人的念头，要以她的性格，要是不喜欢的人，只怕无人逼得了她。

我却在想，旧式的深宅大院里，多少都有些这类破碎的爱情故事惹人感慨不已，困难重重的恋人在大屋下险象环生地生活着，但若没有这些阻挠，故事自然是不好看了，恐怕这对恋人也爱得不那么深刻了。

两头孤单的人，早已看清了缘分已尽的那一天，只是在你我的心中都留存着那份怦然心动，要说从今后，一刀两断，怎能不心碎难挨？相爱的两个人，都没赶在对方面前拾掇出那个完美的自己。可是，戏开场了，你是站在台上的红伶，没有你压不住的场，两片长长的胭脂，夹着琼瑶鼻，观众热情鼓掌，唱到动情处，也得忍住。忍到谢幕，戏散了，人走了，只余下依旧锦绣的件件戏衣，多娇媚，美是美，竟那么伤人。

乱世里，一个女子跌了这么一跤，身心俱创，再要强的人，也一病不起了。女子心心念念的归宿、安稳，不过是一厢情愿。她一度焚香向佛，以图避世清静，她不是福二的对手，便是进了梅家的门，往后日子也难得太平，最难消受的还是梅兰芳。

从天津回来后，貌合神离的两人，变成了相互的忍让。快刀斩乱麻向来不是尚处于感情余烬中的人能做到的，不是每个女人都能慢熬着等到被扶正的一天。相对福二已生下几房子嗣，小冬膝下无子，她是天时、地利、人缘的不如意，痛定思痛的她对梅兰芳说:"请你放心。我不要你的钱。我今后要么不唱戏,再唱戏不会比你差;今后要么不嫁人,再嫁人也绝不会比你差!"

能说出这样一段话的女子,天性中自有一股刚性,刚,则易碎,嘴上说得再绝情,也是当初爱之深切,女人拒绝,是因为想被挽留。听到男人心里,却真的以为缘分已尽,留不住的终是要放手了。时隔多年后,我们无从得知小冬的这段话是故意为了气他刻薄他而说,还是她真的已到了山穷水尽心力枯槁的地步,对梅兰芳,她是心灰意冷了。

人生几十年的时间看似很长,总觉得仿佛熬不到头似的,最灿烂的年华才短短几年,那还算好的,有的人也许才几个月,甚至几天,谁让他们生在战乱纷飞的年代里,谁又让今天远离战火的人们身不由己,总感觉自己生错了时机,错失良辰,剩下大把大把的时间里空留有无奈与寂静。

一场离婚,是双输,没有谁真的能从一场离婚官司中成为大赢家,何况两人四年多的分分合合,从这扇门里走出去,就是生离了,要么下一刻又深切地爱上了谁,以毒攻毒,要么从此断了想头。

孟小冬从前的一个小姐妹嫁给了上海滩大亨杜月笙做姨太太,托杜月笙出面调停,孑然一身的孟小冬恢复单身,从此和梅兰芳形同陌路。杜家祠堂落成,南北名伶会聚一堂,因梅兰芳在场,小冬避而不出。

此后,沉静下来的小冬又想起了戏台上的锣鼓喧闹、彩声叫好,还有曾为之付出无数艰辛的学戏岁月,走了长长的路,就这么丢了多可惜。经过前几次的上门学艺遭拒,小冬又一次前往余叔岩门下拜师，终得余师首肯，成其门下唯一女弟子，整整五载潜心学戏。

1947年杜月笙六十大寿时，以赈灾名义邀请南北名角前往上海唱堂会，一场盛况空前的大戏，万人空巷，加上小报刊出梅、孟同为受邀伶人，戏迷们更是热切异常。五天的演出，延长为十天，戏票更卖出了一千元一张的天价。

平淡的生活过久了，总盼望着有峰回路转的那一天，盼到了开头，却猜错了结尾。你等了一路，错过了一路，于是就真的都错过了。若是孟小冬是唱青衣的伶人，若是她能像大多数女人懂得柔情蜜意、楚楚可人，隐忍她的不满，即便仍然是吃苦，那也好过和自己心爱的人生离，再无任何瓜葛地老去。在那个岁月里，让一个女人百转千回披荆斩棘地爱一个人实在是太难太难了。

不是每对分手后的恋人再次合作，都能像《无极》里的谢、张破镜重圆的，很多人喜欢谢、张的故事，也是因为他们创造了一个爱情奇迹，延续了芸芸众生者未尽的爱。

堂会上，十天的戏，梅兰芳演了八天，孟小冬演了两天《搜孤救孤》，随后，退隐梨园，她的戏，是真的收场了。

四

如霜女子，那烟花再现的知音

女人因为崇拜而爱，当有一天突然发觉一直以来崇拜的这个男人不过如此，迷恋自然而然地会慢慢清醒过来。从前的诸般好，也可以解释为没有遇见更合适的人才萌发的一时念头，有着男儿气的孟小冬在盛开的花季遭遇了一个温文儒雅的男子，而他为人处世的牵丝攀藤、优柔寡断，怕是她这样有着刚毅性格女子所不能接受的，尤其跟进跟出的一众"智囊团"，几乎掌握了"生杀大权"，十个孟小冬也无心力去和他们周旋，若她能胜出，岂不成武则天了？

都说真正有才华的人不屑于使伎俩，一来是费时，二来何必如此上心呢？她离了梅兰芳还是孟小冬，依旧能回到戏台上唱戏，她知道自己能做得到，也有这意愿。福芝芳不能，守着梅家，看牢这个男人，是她毕生的赌注，她是拼尽全力地在和孟小冬博弈。

想要长相厮守的两个人，他们的婚姻从一开始便是险象环生，亦没有三头六臂的同心协力，偏偏是赶巧遇见了，彼此都是对方命中注定的那人，开到荼蘼花事了，就灿烂一季吧。

思前想后，自己也觉得可笑，本是男人一个决定就泾渭分明的事，到头来忙了一屋子的人，尤其是两个女人都不得安宁。从古至今，旧式的男人只管一门心思把女人往屋里搬，搬进门了，剩下的怎么斗、怎么变着法地整都是女人的事。于是乎，别说一个屋檐下的女人争风吃醋，没结婚的女子见面也要先掂量再三，生怕自己吃了闷亏。

杜月笙到底是不同的，放眼当时的上海滩，比他更有气魄、跺脚乱颤的男人有几个？旧照片里，多是些瘦弱文人，一脸书卷气，文绉绉的俳恻之言，再也打动不了情场失意的孟小冬，尤其很多文人的老家里都留着一房不能离婚的糟糠之妻，追求之路上还有几位红颜知己，仍旧是左右摆不平的局。

人类的历史文明已经有上千年了，可仍然不懂得爱。乍听这句话时，让人禁不住地伤感，果真如此吗？记得看到一篇报道上说，事过境迁那么多年，曾华倩在回忆和梁朝伟分手的情形时说，当时以为也只是闹一闹，没想到这次是真的了。女人说一百次分手，都抵不过男人说一次，能使小冬这么痛下决心的，也许是她早已看出梅兰芳的决定了。

仳离后，孟小冬在上海登台，上海滩的另一个大亨黄金荣对杜月笙说："这个女伶孟小冬，我看她品貌既美，举止潇洒，行动大方，而且戏艺又佳，是个难得的伶人，不如将她设法讨了进来，将来你开个戏院，她既给你为妻，又可给你唱戏挣钱，同管事务，这种一举三得的美事，你要及早下手。"有手腕的男人，动机从来都不会是单纯的，杜月笙心里也有这个意思，他觉得小冬是个异常独特的女子。老生，在京剧中惯常出演的是帝王将相、忠义仁杰，举手投足间都自有一股飒爽英姿，气度自是不凡。杜对孟，不单单是喜欢，更有赏识。

从一个水果摊学徒，到上海滩大亨，见过形形色色的女人不计其数，对孟小冬这样清奇的女子，杜月笙更有种相惜的意蕴。她是一个心高气傲、不甘心忍气吞声的女子，要想震得住她，光凭郎才女貌、花前月下的攻心术未免太单薄。孟小冬懂得如何替自己掌握命运，18岁时的她就敢于为了争取自己的利益和养父抗争。梅兰芳身边的闲杂人等委实太多了，再懵懂的女子看久了，也知道这样的男人没有魄力，缺少主见，她心里是不满的。

一个高傲的女子，会看上的人，一定是比她更傲然十足的男人。杜月笙有多傲气且不论，以他这样身份背景的大亨，能有今天，已经不是几个"智囊团"成员能左右其分毫的了。以他的老辣，即便家里有再多的姨太太，也摆得平，他更不是个能被女人左右的人。孟小冬在战乱时从京城奔到上海避难，不会对他一点都不知道，何况，小冬从前戏班里的小姐妹嫁给了杜做四姨太，多少也向小冬透露过点风声。

即便是再嫁，以杜当时的身份地位，也足以兑现她曾对梅兰芳撂的话。从梅家对孟小冬始终采取遮遮掩掩的姿态，推想孟再嫁杜时，梅家也经历了场不小的暗潮汹涌，心有余悸的未必是梅兰芳，而曾带给福二的威慑力则是难以平静的。其实，我们已经懂得，电影《梅兰芳》中，梅、孟并不是那么蜻蜓点水般擦肩而过的，就算是生在一个再如何诸事不宜的年代里，任何人都会有飞蛾扑火去爱一场的冲动，不然谁知道你年轻过呢！

由黄金荣的夫人林桂生出面，对小冬好言相劝，随后加入攻势的是杜的姨太太姚玉兰，小冬的好姐妹。数年来，杜对她的情深意切，她心里很明白，走到今天这步，还能夫复何求？最后，女人能有个归宿，总是好的。

一代"冬皇"跟了枭雄杜月笙，虽杜已是花甲之年，算不上般配，怎么也好过在战乱中飘零，而在后来的相处岁月里，他对小冬的懂得，足以看出杜并不是个粗人。小冬对他心怀感激，与姚玉兰相比起来，小冬则会说一口上海话，杜对她更是爱护有加。

抗战结束后，又经过数年内战，直到1949年，孟小冬随着杜家去了香港。年过花甲，杜月笙的健康亦是每况愈下，杜家的子女平日里往来较少，感情有些淡漠，加上杜的生病，杜家更显得黯淡冷清，照顾杜的重担都落在了孟小冬一人肩上。

想到旧戏文的故事里，一个女子要么历经千险后终究无果，要么就是失去后伤心致死，唯独见不得女子柳暗花明的苦尽甘来，更别说再嫁幸福的。说穿了，忠贞的女子要一门心思地死心眼，即便18年不回来，也要苦守寒窑，戏曲里多的是这类桥段。

孟小冬虽不过是唱戏的伶人，站在她饰演的老生立场看多了那些苦命悲惨的女子，是不是也感到心有不平？唱词戏文多是男性文人写的，他们让旦角们在戏台上为了梦中情郎着一身艳丽装扮，生而死、死而生，无论中外。我记得几年前看过一部电影《舞台丽人》，男主角在舞台上成功地饰演了一个个美艳绝伦的哀伤女子，颇为沾沾自喜，女主角却对他喊出："你不了解女人，你塑造的女性只会在爱情破灭后伤心绝望地死去，可真正的女人会反抗，反抗！"

伤心有时，欢喜有时，跟了杜月笙后的孟小冬过上了另一种生活。一个外表傲气、倔强的女子，做错了决定，要自己扛，她没有退路。

　　1950 年，因为移居欧洲的事，小冬问他："我跟了去，算丫头呢还是算女朋友呀？"那之后，43 岁的小冬正式嫁给了杜月笙，她是当然不该亏待自己的。

五 毕生心血结桃李

袁世凯的女婿薛观澜曾将以美貌著称的数十位坤伶与孟小冬相比，得出一句"无一能及孟小冬"。她不是一般的漂亮，一帧小相片上，如冬日般清冷的脸，透着冷淡。

香港人不大听京剧，知道孟小冬的人并不多，而晚年见过她的人，都说没认出来。前尘旧事，洗尽铅华呈素姿，杜月笙也在两人共偕连理后的一年因病去世，40多岁的小冬，仿佛已到了静坐之年。

轰轰烈烈的故事里，最怕听到英雄末路，美人迟暮。初恋的薄凉，恰似孟小冬在《捉放曹》陈宫（西皮慢板）的唱词："马行在夹道内我难以回马，这才是花随水，水不能恋花!"与孟新婚燕尔那会，一身便装的他心喜雀跃，用手在墙上投影做动物造型。小冬问他："你在那里做什么啊?"梅答说："我在这里作鹅影呢。"梅大师一改了平日里沉稳儒雅的模样。

进入杜家后，照顾病榻上的杜月笙落在了小冬的肩上，家里不大听得到笑声，儿子、女儿也无亲近的习惯，上上下下安静有序地过着。杜的心里对小冬有些愧疚，她绝非无情无义的戏子，有北方人的大气，也有南方人的细致，比起生活了多年的四姨太更亲近些。姚玉兰跟了杜十多年，一直不会说上海话，后来有人问她平常怎么和杜先生交流？她说，我说的他都听得懂，他说的我听不懂。

日常生活里，杜对孟小冬礼敬有加，跟她说话轻声细气，称谓也跟着自己儿女，亲热地喊她"妈咪"。"'妈咪'想买什么，要吃什么？"只要小冬略有透露，他便命人去办。当年，有幸在香港目睹杜孟二人生活的人说，两人"嗲是嗲得来"，这句话翻成普通话来说，"浓情蜜意"何其贴切。

什么是幸福？定然不是揪着尘缘不放。幸福来得很突然，你以为拼尽全力去爱一个人，就是对爱情的诠释，其实也有相濡以沫地细水长流。谁规定旧式的女子一定要在一棵树上吊死，谁说再嫁的女子就是明珠暗投？究竟谁明谁暗？罗丹，声名显赫的雕塑大师，在他的一生中与之纠缠过的女子不胜枚举，其中最著名要数卡蜜儿——一个在大师背后的女人，一个被忽视被残害的伟大女人，一个为爱痴狂以至于在疯人院去世的女人。她的成就不在罗丹之下，面对男性社会的重重阻挠，却也只能眼看着她的雕塑毁于一旦。十年的情啊、爱啊，全抵不过男人在爱情面前的孱弱和翻脸无情，古今中外皆是如此。情殇？听起来很美，那是女人的事。

一个有天分的女人，若嫁给个平凡的丈夫，在世人眼里是那男子庸碌无能，凡有点骨气的，时间久了没人能经受得住；若跟了个同样天资的男人，既要有武松打虎的精神头，更要有长期抗战的耐力。何况，同列天才的行列，到底谁衬托谁好？

由不得让人感慨，文人多情缠绵，一段段的幽恋、伤情，这般经不起刨根问底。戏台上，梅兰芳丢给小冬的那朵海棠花虽是好看，细看之下才发觉，原来是朵秋海棠，美还是美的，竟然是场苦恋。情歌唱得最伤感者不见得是"久经沙场"的老手，反倒多是些情窦初开的少年人。唱词中，字字句句都绕不开萧索秋思之言，转几个弯就想到了那人的身上。

桃花流水杳然去，油壁香车不再逢。替小冬立传，梅、杜不能不说，替梅、杜做传，可以略过小冬，比起男性世界里的险象环生，家里女人的那些事，嚼着嚼着，竟有些英雄气短的意味。杜月笙去世后，孟小冬便不再在公开场合唱戏，在港期间曾应张大千之邀，清唱过一回。杜月笙之子杜维善在谈起父亲时说，父亲也许暗恋孟小冬好久了，一方面她唱得好，用现在的眼光看，她也称得上是一位艺术家；另一方面孟小冬比较会用心计，也很会讨父亲喜欢，在我父亲面前常常会说笑话，逗他开心。

若要说梅兰芳属玉，温润儒雅，那么杜月笙，则是钢，百折不挠。擅于文艺者，多会文过饰非地修饰一遍，怎比得上铁骨铮铮男子的真性情？在杜去世后，杜家的儿女对这位"妈咪"一直敬爱有加，晚辈们常常去她家里看望，再打打牌。

记得前两年，看报道说饰演过冬皇后的章子怡在筹拍孟小冬，却一直没了下文，据说梅家不答应，梅大师不做别人的配角。梅、福、孟三人当初协定的条件，杜、梅两家的后人谁也不知道。坊间的流言里有梅、孟曾生有一女的传闻，有鼻有眼，既然情深，若不能留有见证，着实可惜。我不禁想，该不会是梅、孟的资深戏迷，等着一位旦、生双绝的旷世伶人，以慰小冬早早离开梨园行的遗憾？

　　一路繁花似锦都经过，孟小冬从香港到台湾，不论走在街上，还是出席友人的聚会，她已是个面目安详的妇人，她的故事夹杂在两个风光无限的男人之间。起初很多人不知道她，即使偶然说起，也沾着些他们的光辉，女人要想让人揣摩不休，还非得攀附上有名望的男人。与同时代的其他女子相比，论家世有比她更显赫的，论名气，大过她的也大有人在，但若要说气场，有几个人比得上冬皇呢？

　　很多年前，面对诸多流言蜚语，王菲对身边的人说，我到现在，再去爱一个人已经很难了，你说他会骗我，会辜负我，但如果终其一生我都不能再去爱一个人，我会辜负我自己。

　　世人不会用善意的目光，看待他人的不幸。一个傲骨绝代的女子，当该成全自己。

第二章

陆小曼

一 / 璀璨夺目的校园"皇后"

你是人间的四月天。

那陆小曼呢？

假如命运可以选择成为：林徽因、陆小曼、张幼仪，选谁？

张幼仪是中国传统女性的典范，美好、贤惠、持家，培养坏男人的"反面教材"。

林徽因，她是男人心目中永远的维纳斯，因为得不到，又这般灵秀清新，才华也可以忽略不计，美好得不近人情。

陆小曼，似乎不错，"坏女人"虽然自我，却可以恣意地爱谁不爱谁，就怕未尽一生。

贤妻良母爱错了人，聪明的林女士有自己的人生目标，爱恨自由的陆小曼一脚踏入爱情漩涡。

徐志摩秉承着中国古代文人对美女一贯的仰慕倾情，要么是爱而不得的，要么是热情自我的，张幼仪终不是他的口味。除非他过得不好，前妻照顾他；他过得好，就不会想到张幼仪。

文人多情，是多多益善的意思。

她比张幼仪小 3 岁，比林徽因大 1 岁，1903 年她出生在上海南市孔家弄，她就是陆小曼。陆母曾生育 9 个孩子但先后不幸夭折了 8 个，排行第五的小曼是家里的独苗，她带着一身宠爱来到陆家，由于体弱多病，从小娇生惯养。

生在魔都的小曼，年幼时便开阔了眼界，任性、娇纵，因生得清秀、聪慧，也讨人欢喜。她是陆氏夫妇的掌上明珠，唯一的宠爱。6 岁后随母亲去北京，一家人其乐融融在京生活。

小曼的父亲陆定是晚清举人，留学日本名校早稻田大学，日本名相伊藤博文的得意弟子，与曹汝霖、袁观澜、穆湘瑶等民国名流是同班同学。他曾担任财政部司长和赋税司长要职，更是中华储蓄银行的主要创办人。陆家凭经济实力和社会地位，往来的都是财政界要人，典型的上流社会阶层。她从小衣食无忧，玩伴也都是千金小姐。

林徽因的父亲林长民同样毕业于早稻田大学，与陆定是校友。林父和后来的亲家梁启超都担任过北洋政府的部长，林徽因 16 岁时随父亲游学欧洲，后考取伦敦 St. Mary's University（圣玛莉学院）。相比张、陆两家的家底厚实，林家人是社会名流，且不论林长民林徽因的影响力，及林徽因在中国建筑史上的贡献，林家是典型的书香门第。

张幼仪的父亲张润之，是当时上海宝山县巨富。张家的八子四女中，她排行第八，她的二哥张君劢，是中国现代史上颇有影响的政治家和哲学家，民社党创立者。

以童年、出生做个简略对照，她们三人不是大家闺秀，便是小家碧玉。林徽因是典型的江南闺秀，十几岁时便获得随父亲去欧洲游历的资格，林家的孩子之中，只有她有此殊荣。15岁时张幼仪还在师范女校念书，因父母之命嫁进了徐家做少奶奶。

15岁的陆小曼在法国人开办的北京圣心学堂念书，从未留洋喝过洋墨水，但精通英、法语，除会钢琴、油画、昆曲外，她还能写一手娟秀的蝇头小楷，她几乎就是简·奥斯汀笔下的淑女典范。陆家小女，朝着贵妇、名媛的路上培养着，她的聪明才智早在念书时已被人熟知。

北京的社交界会集着当时诸多各界名流，小曼这块上乘的名媛材料声名很快响彻京城社交界，她兼具南方女子的伶俐、灵性和北方女子的娴雅大气，是京城名媛中的典范。

外交部长顾维钧需要精通英、法两种语言且知书达理的女孩参加外交部接待外国使节工作时，陆小曼是圣心学堂的首选人物。她虽不像林徽因目睹过西方文明，眼界不及林，但在一心想将女儿培养成名媛的陆家看来，外交部的工作经历是女儿嫁妆中炫目的一部分。

深受中西结合教育的小曼，比传统学校的女学生自信、开朗得多。《春申旧闻》谈起当年上海的"交际名媛"写道："上海名媛以交际著称者，自唐瑛、陆小曼始。继之者为周叔苹、陈皓明。"交际名媛们风姿绰约、雍容大雅，如翩跹的蝴蝶精灵。

陆小曼亮相社交界的理由很充分，她因精通英、法两门外语，被北洋政府外交部长顾维钧聘用为兼职外交翻译，她在会议、权要舞会上大出风头时，拥有"南唐北陆"之称的唐瑛还是上海中西女塾（张爱玲曾就读的圣玛利亚女校前身）一名13岁的女学生。

南方有佳人唐瑛，北方有绝色陆小曼。

学生时期的陆小曼是风云人物，她是学校里的"皇后"，在外交部的三年磨炼出了她的伶牙俐齿和女学生身上少有的勇敢。在一次联谊会上，出席者都是外宾和要人，现场还有来宾的孩子，外国孩子居然在中国孩子的气球上用烟头点爆，以此取乐，好强的小曼拿过他们的气球点爆回敬他们，现场气氛瞬间凝固，她则继续玩她的。

自信、活泼好动，和她身上独有的"为自己出头"意识，令陆小曼成为很多人仰慕的对象。十几岁的小曼，生活在鲜花和掌声中，她不仅是学校中的"皇后"，甚至是她所擅长的各类领域中的"皇后"。这一完美形象，有母亲吴曼华言传身教的功劳，也是小曼性格使然。少女时期的她，对日后嫁人相夫教子，过精致、悠闲的少奶奶生活没有什么概念。

父母之命媒妁之言的时代，反抗婚姻是异类，她虽然敢反抗，却不能违背父母的意愿。十七八岁时，她尚不懂爱情是怎么回事，在学校里过着飞扬日子的她，以为这就是生活的全部，任性地这样或那样，不喜欢了就重新来过。

小曼19岁嫁给王赓时，结束了曾经任性自在的青葱岁月，她必须像她母亲那样恪守做一个名太太的准则，这是她的命运，也是陆氏夫妇对女儿的要求。

以小曼的天资，没有留洋接受独立的西式生活和教育，除了夫妇俩对独生女儿的疼爱，也有深知女儿天不怕地不怕的性格，一旦放飞出去，谁晓得她会闯什么祸回来。吴曼华对女儿的教育十分严厉，督促她学习、亲自教她画画，小曼对母亲非常遵从。

女儿的美名早就在外，当时社交界内的男士们，都将能娶到陆小曼作为成功男士的标准。她是才貌双全的淑女，又有厚实的家底。

经过层层筛选，陆氏夫妇将目光锁定有为年轻才俊王赓。

王赓当时还是所谓的"穷小子"，但他是强大的"潜力股"，是诸多候选人中的翘楚。16岁清华大学毕业赴美留学，进入密歇根大学后改入哥伦比亚大学，后去普林斯顿大学读哲学并获得文学士学位。之后又在西点军校攻军事，与美国名将兼前总统艾森豪威尔是同学。1918年6月，他以第十名的优异成绩毕业回国。

乱世出英雄，王赓丰厚的资历背景，放眼整个军阀时期，寥寥可数。著名的黄埔军校创立于1924年，少帅张学良也只是东北陆军讲武堂毕业，相比当时大多数名将都留学自日本，王赓的背景怎不让准岳父母满意呢。

留洋8年，文武全才，无论是安稳、乱世年代，他都是不可多得的人选，陆家要找的就是这么一位前途无量的姑爷。

1918年巴黎和会期间，王赓结识了在巴黎和会外围到处呼吁中国权益的梁启超。梁公看重他的人品和才华，像徐志摩一样，他被梁公收为弟子。

1918年秋，他任航空局委员，1921年为陆军上校，官运亨通。

二／"美满姻缘"中的强颜欢笑

王赓这样的钻石王老五，放在任何一个时代都是抢手货，可他被世人熟知，并不是因为他的战功卓著或文采斐然，仅仅是场离婚官司。这场官司成了他短暂一生中的浓墨一笔。而给他戴上这顶"绿帽子"的，是他的好友兼同窗徐志摩。

陆家深知女儿小曼的优异条件，若非未来女婿前途一片光明，他们是绝不会让女儿嫁过去的。小曼是皇帝的女儿不愁嫁。一天，唐在礼夫妇将王赓介绍给了陆家。

"……小曼之母，看到有这种少年英俊，认为这是雀屏中选的最理想人物，虽是王赓年龄长小曼七岁，她偏说他这穷小子将来一定有办法的，毫不迟疑地，便把小曼许配了他。"丈母娘看女婿，越看越满意。求婚很快被答应了，从订婚到结婚，前后不到一个月，标准"闪婚族"。

打破旧式婚姻的樊笼，追求自己的幸福人生，是影视剧里的正确答案，而在当时只是个美好的愿望。胡适、鲁迅、徐志摩、陆小曼等名人都不满包办婚姻，刚开始也只能服从，离婚是伤筋动骨的大事，等于是不孝。

一场势均力敌等价交换的互惠婚姻就此拉开帷幕。小曼是留洋绅士们心目中的淑女典范，而王赓有自信有野心，他需要一个财力雄厚、贯通中西，又有着强大人脉网的贤内助帮他开拓事业。名媛小曼需要一个能让她继续过锦衣玉食生活的丈夫，她并不清楚少女和少妇、未婚和已婚有什么区别。

世纪婚礼的排场无法铸就新人的婚姻幸福，查尔斯王子和戴安娜王妃的世纪婚礼就是佐证。要在一个文过饰非的"广告"中昭告天下，分手时也格外惨烈。

小曼若非少不更事，她一眼就能看出王赓这样的丈夫对她意味着什么。赵四不惜被家里断绝关系也要私奔少帅，大约也有乱世飘零不如跟个手握实权的军人来得安心的想法。王赓太过于专注事业，若对他身边这位徐姓朋友多些注意，妻子也不至于这么容易就跟人玩真的了。

一个过于天真，寄希望于缥缈的诗情画意；一个过于顶真、信任。作为军人，王赓生活简单，思想也不够复杂，或者是他对感情和人心的变化，还不懂。

王赓前途无量，可到底还是个穷小子，财大气粗的陆家包揽婚礼一切开销，婚礼在"海军联欢社"举行，威震四方。从事后的记载"光女傧相就有九位之多，除曹汝霖的女儿、章宗祥的女儿、叶恭绰的女儿、赵椿年的女儿外，还有英国小姐数位。这些小姐的衣服，也都由陆家订制。婚礼的当天，中外来宾数百人，几乎把'海军联欢社'的大门给挤破了"可见一斑。

名太太都想把女儿打造成自己的翻版，贤妻良母、相夫教子，家里儿女绕膝。名太太的娘家不差钱，更清楚金钱、地位的分量，但要她们自己去成为一个职业女性跟男人抢工作，那简直是大逆不道。小曼的母亲绝不会允许女儿成为林徽因或张幼仪那样的女子，林的性格外柔内刚，是管理层的核心；张坚韧十足、后发制人，是女CEO的经典人选。小曼的才华，流传下来的作品极少，她本就不是为了向世人展示她的好而特意为之，她和徐是精神上的"贵族"。

出嫁了，还上什么学，安分守己是名太太的准则。

婚前公主般的飞扬日子从此结束了，陆小曼在日记中写道："她们（母亲）看来夫荣子贵是女子的莫大幸福，个人的喜、乐、哀、怒是不成问题的，所以也难怪她不能明了我的苦楚。"

她最大的苦楚是吃饱了太闲，又没心思上进。去问问现代每天苦逼挤公交的上班族，什么是爱情？什么是幸福？刻薄地说，抓到一个是一个，拆散一对是一对。小曼的苦楚不得人同情，她只能得到同类的嫉妒、怨恨，她是万人迷。异性对她报以幻想，天生丽质难自弃的小曼，是男性爱慕者的华丽缘。

机遇当前，人生大事都已完成，这个时期是王赓发力拼事业的大好时机。他是西点军校毕业的高才生，在美生活多年，一切按西式的工作方式。工作、娱乐，泾渭分明，极其自律，铁血精英。一周6天只工作、不娱乐，如苦行僧般循规蹈矩。在外人看来王赓是德才兼备的男人，为了仕途，他全力以赴。他理想中的小曼应该是能独立自处的现代女性，稍有些经历的女人都不会白白葬送这段姻缘。

你可以说小曼天真没心机，甚至因为她没心没肺而夸她纯粹。一个是成熟甚至刻板的男人，一个是不知情为何物、为赋新词强说愁的娇小姐，除了得不到的，一切得到的都不在她眼里，她也不在乎。

几年前在电台里听到一则感情故事，说的是少妇嫁给大学男友后，一出学校便生子，丈夫工作努力，年纪轻轻便已事业有成，对她体贴温柔。她赋闲在家时，丈夫鼓励她多去社交。已生有一个女儿的少妇对主持人说，她感觉自己还是个女孩子，在社交活动上认识了一个男子，对方条件一般，愿意为她离婚，但她是否能习惯粗茶淡饭的日子？

情感纠结太多、遇人不淑的破碎故事里，也有反其道而行者，乍听有些讽刺。主持人问她，安娜·卡列尼娜出走后发生了什么？

这场对话的最后，少妇没有给出答案，但很明显她既渴望未知的感情，又不愿离开现在物资丰厚的家，况且她还有个年幼的女儿。聪明世故之人的选择显而易见，成不了故事作为卖点。

小曼的条件比少妇要好得多，她没有子嗣，之后终身没有。她家底殷实，是父亲的独生女，徐家也是有头有脸的大家族，徐志摩彼时也已离了婚。

她想成为那个时代的新女性，她要做的就是在婚姻上完全自主，她看穿了名太太外表虚张声势的艳光四射和背后的无聊、寂寞。她在日记中写道："从前多少女子，为了怕人骂，怕人背后批评，甘愿自己牺牲自己的快乐与身体，怨死闺中，要不然就是终身得了不死不活的病，呻吟到死。这一类的可怜女子，我敢说十个里面有九个是自己明知故犯的，她们可怜，至死不明白是什么害了她们。"

她的朦胧意识中有积极反抗的一面，但她反抗的到底是什么？

她到底想成为一个什么样的女性？新时代女性如张爱玲的姑姑，自己赚钱、支付房租，完全经济独立，有生活的艰辛和拮据的时候，心甘情愿是自己的选择。小曼还只停留在为了反抗而反抗，离开王赓，这个父母安排给她的丈夫，这个封建婚姻的体制，逃离这些她就完成了她的壮举。

认识徐志摩之前，她消极反抗，与命运相同的名媛、名太太们一起出去吃饭、捧戏子、跳舞、喝酒、打牌、唱戏，过着名流们富足而百无聊赖的生活。她很晚回家，晚睡晚起，整天萎靡不振，生活没有目标、信心，此外一概漠不关心，王赓也颇多微词。

年纪轻轻，不劳而获得到所有，命运就喜欢开这样的玩笑，倾尽所有的给你诸般美好，然后要你亲手毁了它。小曼往反抗之路上走，得不到理解那是肯定的，能这么过日子在当时凤毛麟角，不珍惜、不善经营的人最后不是落魄，便是自毁，偏偏她还遇到了一个将她推到风口浪尖上的诗人，在她漫无目的的前半生里来了个晴天霹雳。

从小在家中，后来在学校，她在哪都是聚光灯下的公主、皇后，每次去剧院观戏或到中央公园游园，外国的、中国的学生往往前后数十人，或为她拎包，或为她持外衣，她高傲至极，对跟班不屑一顾。活脱脱 Queen B 的派头，美剧《绯闻女孩》排场够大，也被她比下去。

婚后内心的空虚、郁闷如滚雪球，越滚越大。

王赓接受西式教育，骨子里仍然是个传统男人，传统男人对妻子的要求都差不多，持家、不要抛头露面，在他忙的时候不要打扰他。她羸弱的身体经不起日夜颠倒的生活。徐志摩这么新派的文人，日后也受不了陆小曼的生活习惯。丈夫的不懂得，加剧了她的苦闷，给了她不自由。

她很懂得索取，从徐志摩身上索取对自己有利的，她有提要求的自信，有自我的意识，却没有林徽因的眼界和对事业的坚韧，也没有张幼仪蜕变的力量。

林徽因去世后，几乎只有男性文人缅怀她的文字，她的沙龙里来的几乎全是男性，这在很大程度上跟她从事的工作有关，建筑领域在当时本就女性不多，所以看不到女性写她的文字。林有很多男性友人，但几乎没有女性友人，只与丈夫的胞妹没有龃龉。林和冰心的一段插曲，才让读者了解了林才女的精明和彪悍。

她们两人的丈夫梁思成和吴文藻是清华的同事，抬头不见低头见，但一直心存芥蒂。梁思成夫妇搬到北京后，很快聚拢来一批当时的文化精英，如徐志摩、金岳霖、周培源、胡适、朱光潜、沈从文等。这些个名家、精英荟萃梁家，品茗坐论天下事，热闹非凡。林徽因谈古论今，皆成学问。于是乎，梁家形成了当时北京最有名的文化沙龙，时人称之为"太太的客厅"。

冰心在小说《我们太太的客厅》中写道："我们的太太自己虽是个女性，却并不喜欢女人。她觉得中国的女人特别的守旧，特别的琐碎，特别的小方。"又说："在我们太太那'软艳'的客厅里，除了玉树临风的太太，还有一个被改为英文名字的中国佣人和女儿彬彬，另外则云集着科学家陶先生、哲学教授、文学教授，一个'所谓艺术家'名叫柯露西的美国女人，还有一位'白袷临风，天然瘦削'的诗人。此诗人头发光溜溜地两边平分着，白净的脸，高高的鼻子，薄薄的嘴唇，态度潇洒，顾盼含情，是天生的一个'女人的男子'。"林徽因有个学名叫再冰、小名叫冰冰的女儿，小说中的女儿名曰"彬彬"。

小说中还写有："这帮名流鸿儒在'我们太太的客厅'指点江山，激扬文字，尽情挥洒各自的情感之后星散而去。那位一直等到最后渴望与'我们的太太'携手并肩外出看戏的白脸薄唇高鼻子诗人，随着太太那个满身疲惫、神情萎靡并有些窝囊的先生的归来与太太临阵退缩，诗人只好无趣地告别'客厅'，悄然消失在门外逼人的夜色中。整个太太客厅的故事到此结束。"

林徽因绝非省油的灯，她那股子聪明劲怎会看不出文中所指。与她交往甚为密切的作家李健吾评价其性格时说："绝顶聪明，又是一副赤热的心肠，口快，性子直，好强，几乎妇女全把她当作仇敌。"

结怨在所难免了，她送了冰心一坛醋。李健吾在文章提到说："我记起她（林徽因）亲口讲起一个得意的趣事。冰心写了一篇小说《我们太太的客厅》讽刺她，因为每星期六下午，便有若干朋友以她为中心谈论种种现象和问题。她恰好由山西调查庙宇回到北平，带了一坛又陈又香的山西醋，立即叫人送给冰心吃用。"

女人吵架就是这样，不解气，斗个十几、几十年，即便在冰心晚年提到林徽因也是"那时她是我的男朋友吴文藻的好友梁思成的未婚妻"，林徽因称呼她是 Ice Heart，英语里不是什么褒义词，以林的英语水平绝不可能犯这样的错误。

离婚后的张幼仪对林徽因有怨气，尤其是既然徐已为她离婚，她却和梁思成去美国留学。张幼仪对林的插足心怀怨恨，人之常情；张对陆小曼的关心很真心，在徐志摩去世后，生活拮据的陆小曼还收到来自张幼仪的汇款，直到张离开大陆去香港。

陆小曼让人难以理解的是她对生活的态度，也许她自己也没想明白过，她曾与另一位社交女王唐瑛情同姐妹，两人还一起合作过服装公司。

林徽因名利双收，背后不满她的人大有人在，只不过她的朋友大多是男性，男性则少提这些琐碎事了。

小曼看似比林徽因激进、果敢、前卫，但只限于爱情，她不关心外界，只关心自己。说到底，她是养尊处优的千金小姐。

三 孽缘情债的尴尬饭局——轰动一时的"三角恋"

当年的《人间四月天》，如今来看错误太多，陆小曼被描绘成舞女，完全不提她的身份地位。张幼仪不是土包子，林徽因更不是朝秦暮楚的女子。

徐志摩故居有块金庸题字的匾额，他们的母亲是亲姐妹，金庸在文章中提到这位表哥时说，表哥比他大 30 多岁，素未谋面。查家是海宁当地有名的官宦世家，祖上有不少人入仕做官，族谱可直追康熙年间那场著名的文字狱，看过金庸小说的读者，应该还记得《鹿鼎记》开头的那段。徐家是海宁著名的经商人家，两家多有联姻。

现在的海宁，有规模庞大的皮革城，充满商业氛围。

一部电视剧，因为将故事聚焦在一段三角恋上，不仅让从未了解过徐、陆两人的观众知道了他们，连带地牵扯出一堆新月诗社的成员——明星成员胡适，与林徽因龃龉的冰心，与诗社走得很近的凌叔华，甚至凌叔华与伍尔夫的侄儿朱利安的那段婚外恋。

仔细想想，徐、陆实在自私得可以，仿佛天地之大，除了他们伟大自由地爱着、互述衷肠，其余都没有意义。

徐志摩遵从他仰慕的诗人雪莱、拜伦，平庸、不自由地长存，不如瞬间将一生的火花擦亮。所以他用这样的方式离场，以示他的决绝和独一无二。

既然是爱情，那么悲剧才合适。

可他们仨，以爱情的名义分开、结合，却又都以各自的未尽心愿离场。

她在《爱眉小札》序（二）中写道："在我们（与志摩）见面的时候，我是早已奉了父母之命媒妁之言同别人结婚了，虽然当时也痴长了十几岁的年龄，可是性灵的迷糊竟和稚童一般。婚后一年多才稍微懂人事，明白两性的结合不是可以随便听凭别人安排的，在性情和思想上不能相谋而勉强结合是人世间最痛苦的一件事。当时因为家庭间不能得着安慰，我就改变了常态，埋没了自己的意志，葬身在热闹生活中去忘记我内心的痛苦。又因为我傲慢的天性不允许我吐露真情，于是直着脖子在人面前唱戏似的唱着，绝对不肯让一个人知道我是一个失意者，是一个不快乐的人。这样的生活一直到无意间认识了志摩，叫他那双放射神辉的眼睛照彻了我内心的肺腑，认明了我的隐痛。"

这话要说得狠些，无非吃得太撑。

小曼如《花间词》里春喜秋悲的深宅少妇，她的世界是爱与自由，这不是对错的问题，生在那样一个家庭的独生女，这就是她的生活。

她在日记中写："其实我不羡富贵，也不慕荣华，我只要一个安乐的家庭，如心的伴侣，谁知连这一点要求都不能得到，只落得终日里孤单的，有话都没有人能讲，每天只是强颜欢笑地在人群里混。"

年纪轻轻的，早早在父母的安排下结婚了。嫁作人妇，仍然感到她的少女时代未尽，她不甘心就这样成为她母亲的复制品。她需要爱情，从未在饥寒困境中待过一天的小曼，有着贵族式的想法：视金钱如粪土。

反正，她需要爱情，真正的爱情，燃尽一切的轰轰烈烈。

凌叔华对小曼说："男女的爱一旦成熟结为夫妇，就会慢慢变成怨偶的，夫妻间没有真爱可言，倒是朋友的爱较能长久。"

小曼的母亲说，"小曼是因为接触徐志摩这种人和看小说太多才导致离婚的。"

郁达夫说："忠厚柔艳的小曼，热情诚挚的徐志摩，遇合在一道，自然要碰撞火花，烧成一片。"

敢于做先驱，要付出无法估量的代价。多年后，小曼面对徐志摩去世后各方的指责，又得知前夫王赓客死他乡，不知她是否也在问，这一切是否值得？

她是第一个敢于公开离婚追求爱情的名媛，也带动了后来离婚案的飙升。这对于几千年家天下的中国来说，一个女人如此胆大妄为简直不可饶恕，喊口号糊弄下时髦男女也就罢了，居然真的就离了，舆论火力十足地骂她，指责她和诗人。

从她的日记、短文中的记载，当然不能对她下定论，那些或许只是一时情绪。

看到人们在各类帖子中比照林徽因和张幼仪之于徐志摩，提到陆小曼的并不多，不是她的所作所为让人不值一提，她自私并不虚伪。对爱，抵死要缠绵的执迷。

她不是传统人家侍奉公婆的贤淑、温顺太太，与公婆相处不睦，生活随性，待人接物像个未出阁的千金。个性看似并不强势的小曼对爱、对苦闷有着外人无法理解的郁闷。

　　林徽因是父亲林长民的姜侍所生，她对自己的未来很有一番打算，留学、学绘画和建筑，在建筑系不招女学生的环境中，她想尽办法接近她的理想。

　　徐志摩、王赓、胡适都是留美派，也都是梁启超的弟子，同是北京社交圈的年轻俊杰，想不认识也难，聚会、拜访之中，徐、陆两人结识了。

　　两个气场相近的人，千言万语只在一个眼神之中。热衷社交的小曼本就活泼可爱、幽默大方，少妇的婀娜多姿要吸引处于失恋中的诗人毫不费力。

　　王赓公务缠身，毫无戒心地对徐说："志摩，我忙，我不去，叫小曼陪你去玩吧！"对妻子说："我没空，让志摩陪你去玩吧！"受西式教育影响，不同于旧式女眷避嫌幕后，朋友之交贵在坦诚和磊落，这是王赓推己及人的想法。

　　两个苦闷文艺青年，就这么开始了。一个人执迷随性，或许会有醒悟的一天，现在有个爱而不得的失意诗人，是缘还是劫。

　　她告诉诗人：从前，她只是为别人而活，从没有自己的生活，她的生活都是别人安排好的，是别人要的，不是她要的。

　　诗人鼓励她：要力争自己的人格，要搏斗，寻找自己需要的生活和爱人。

　　她说："这样的生活一直到无意间认识了志摩，叫他那双放射神辉的眼睛照彻了我内心的肺腑，认明了我的隐痛，更用真挚的感情劝我不要再在骗人欺己中偷活，不要自己毁灭前程，他那种倾心相向的真情，才使我的生活转换了方向，而同时也就跌入恋爱了。于是烦恼与痛苦，也跟着一起来。"

诗人自己感情跌落谷底，仍没有忘记要拯救这个孤独的灵魂。

多情的诗人感情如装了开关阀门，他对一个女人有多深情，对另一个就有多决绝。

生下长子阿欢不久，诗人去留学了，1920年张幼仪满怀希望地去夫妻团聚，在码头上那一幕她后来回忆道："我斜倚着尾甲板，不耐烦地等着上岸，然后看到徐志摩站在东张西望的人群里。就在这时候，我的心凉了一大截。他穿着一件瘦长的黑色毛大衣，脖子上围了条白丝巾。虽然我从没看过他穿西装的样子。可是我晓得那是他。他的态度我一眼就看得出来，不会搞错的，因为他是那堆接船的人当中唯一露出不想到那儿表情的人。"彼时，他正在追求林徽因。

徐、林在伦敦曾有一段时间通信频繁，张幼仪回忆说："徐志摩隔几天就要去附近的一个理发店，名义是去理发，其实是去收看林徽因的来信。"

他紧追林时，张幼仪还怀着身孕。一听妻子怀孕，诗人便说："把孩子打掉。"张说："我听说有人是因为打胎死掉的。"诗人答："还有人因为坐火车死掉的呢，难道你看到人家不坐火车了吗?"诗人要马上离婚，见她不答应，就干脆走人。张幼仪一人在沙士顿，产期又临近，她唯有给二哥张君劢写信求救，去巴黎，最后在柏林生下次子。诗人在签署离婚协议时终于露面，又继续追求他的人生去了。

诗人浪漫多情之外的冷漠本色在《人间四月天》里可做对照。欧洲的风景优美，在那时的张幼仪眼中都是最伤人的画面，能和诗人分享这份美好的，只有一个姓林的女子。

他对女人挑剔得很，要么是林徽因般小家碧玉的幽美，要么是小曼的性灵和忧愁，张幼仪的顺从、保守在他眼中是软弱和廉价的，配不上他留过洋的眼界。

遇见陆小曼后，他说："弱水三千我只取她那一瓢饮。"为了得到她，他说："我有时真想拉你一同死去。我真的不沽恋这形式的生命，我只求一个同伴。"他问她："我如果往虎穴里走，你能不跟着来吗?"徐志摩简直豁出去了，"别说得罪人，到必要时天地都得捣烂他哪!"

陆小曼与丈夫争执不断。好友唐瑛请王赓夫妇吃饭，王赓抽不出身，也不希望妻子赴宴，同伴们约她外出跳舞时，她还犹豫不决，便有人激她："我们总以为受庆（王赓的号）怕小曼，谁知小曼这样怕他，不敢单独跟我们走。"正巧王赓的车驶到家门口，军人出身的他最不能容忍没有纪律，大声斥责："你是不是人，说定了的话不算数。"小曼被丈夫拉回了家。

当众挨了顿骂的小曼，一状告到她父亲那里去，父亲支持爱女的决定，母亲则不同意离婚。陆家对徐志摩的印象很不错，但离婚绝不是随便说说就能决定的，这里也有徐志摩好友刘海粟的运筹帷幄。

功德林是当时上海有名的素菜馆，刘海粟宴请的客人有：徐志摩、王赓、陆小曼母女，还有张歆海、唐瑛、唐瑛的哥哥腴庐和杨铨（杏佛）、李祖法等人。

刘海粟在这场有名有目的酒宴上现身说法，以自己冲破封建婚姻、追求自由婚姻为例，唱起了主角。徐志摩不敢直视王赓，他是这次宴会的核心人物。王赓一走进酒宴，就猜疑了起来，最后推说有事，让妻子小曼陪母亲再坐会，他先走了。

面对妻子、朋友的里应外合，男人不能像女人一样到处哭诉、写伤感文，王赓最终选择放手。结婚时，陆小曼对他诸般不满，离婚后从没说他一句不好，无论是否曾经有过爱，对王赓，她愧疚始终。

四 / 羡神仙眷侣不识人间烟火

年轻的时候，选择爱情；年纪大了以后，选择合适。

1925 年，徐、张的次子 3 岁，死于腹膜炎。

1926 年农历七月初七举行订婚仪式，10 月 3 日，陆小曼和徐志摩在北京北海公园结婚。

张幼仪晚年回忆道："我来英国的目的本来是要夫唱妇随，学些西方学问的，没想到做的尽是清房子、洗衣服、买吃的和煮东西这些事……""我没法子让徐志摩了解我是谁，他根本不和我说话……"

诗人的各种风光大事中，难得的是他的人脉，他是梁公的弟子，与胡适是同门，好友多是名流、学者。他和他的朋友们不同之处是，诗人流传下来的主要事迹是他的私生活。20 世纪 20 年代，双双离婚追求幸福，即便是在标新立异的好莱坞也是惊世骇俗之举，英格丽·褒曼、费雯丽都曾为此遭到舆论谴责。

徐、陆之恋很高调，从他介入之始便轰轰烈烈，流传市面的《爱眉小札》是这段婚外恋的详情。

徐、陆的婚外恋秘密被发现后曾引起轩然大波，胡适当时劝他："志摩，你该了解你自己，你并没有什么不可撼动的大天才。安乐恬嬉的生活是害人的，再像这样胡闹下去，要不了两年，你的笔尖上再也没有光芒，你的心再也没有新鲜的跳动，那时你就完了。你还年轻，应该出去走走，重新在与大文学家大艺术家的接触中汲取营养，让自己再增加一些作诗的灵感，让自己的精神和知识来一个'散拿吐谨'。"

徐志摩走之前，交托了胡适代为关心小曼，很有总统交代弟弟照料玛丽莲·梦露的意味。

胡、陆擦出这一段火花，尘满面，情如霜。

小曼用英文给胡适写情书："我这几天很担心你，你真的不再来了吗？我希望不是，因为我知道我是不会依你的。"

另一封："只希望你很快地能来看我。别太认真，人生苦短，及时行乐吧。"

徐志摩之外，她继续寻找她梦想中的爱情。陆小曼与胡适有着无法解释的私情，但胡适惧内，他不会为了小曼粉身碎骨浑不怕。

陆小曼、徐志摩都是在追求幸福路上不断抛弃别人的人，包括自己的骨肉。与王赓离婚前夕，小曼发觉有了身孕，陆母劝她把孩子生下来，母亲心里还是更看重王赓这个女婿。小曼则清楚一旦生下孩子，这婚就离不成了。

她带着贴身丫头去找德国医生做手术，谁也没告诉，但手术并不成功，她一生再没有子女。

千辛万苦要在一起的恋人，阻力越大，心里越觉得必须冲出牢笼。婚礼上胡适做介绍人，梁启超证婚，各方来宾更是群英荟萃。

梁公不顾众人面，在婚礼上对徐、陆的一番指责，可谓振聋发聩："徐志摩，你这个人性情浮躁，以至于学无所成，做学问不成，做人更是失败。你离婚再娶就是用情不专的证明！"

从后来梁公对几位文人、学者的评价可以看出，他对徐志摩这位学生还是很认可的。梁公感叹：志摩写诗的时候，心里会滴着血，他大概也只能写恋爱情诗；但是，他的诗能够传下去。梁公跟弟子胡适说："诗还是志摩写，小说还是鲁迅写，你就治你的哲学吧。"

终于结合的两人，热烈的爱情在失去外界的阻力后，爱的能量转向了彼此，婚后常常为了在北京还是上海居住发生争执。不爱金钱的小曼花费照旧大手大脚，徐志摩则忙于赚钱。

爱上激情的小曼认识了唱戏的翁瑞午，他陪她抽鸦片。

小曼当初拼命从一个坟墓中脱身而出，没想到是投入了另一个坟墓，为了"新坟"她做出了难以想象的牺牲。婚后，在鸦片烟的吞云吐雾中，是否也在叹息尚未冲破爱的牢笼才是她寻觅的爱情？

她回不去了，曾经的社交女皇、得宠的小公主，成年后，被赶出了伊甸园。爱情，是她的梦幻岛，旅程是永远到不了的。

面对外人的揣测，徐志摩为陆、翁开脱道："夫妇的关系是爱，朋友的关系是情，罗襦半解，妙手摩挲，这是医病；芙蓉对枕，吐雾吞云，最多只能谈情，不能做爱。"

要不是后来发生的事，他们真该是对相扶相依的夫妻，很能彼此融洽，找到一个适合的相处方式。

五 / 千里孤坟，无处话凄凉

1931 年 11 月 18 日，诗人从天空中坠落了。

人们不再说起她，她是反面教材，刻薄地说，她是克夫，带来祸事。

她一生忠于自己，当时被人称道的才艺也少有流传下来的作品，一度依靠张幼仪补贴。

从什么都有的云端摔惨在谷底，曾羡慕过她的人，是不是笑得最大声？

我们埋怨上天不公，可如果上天果真把一切美好给予，你是不是敢不劳而获地接收？

谁也抵不过时间，在你掉以轻心时给你致命一击。

她最后败光了一切，鸦片抽到最后一口牙发黑掉光了，她用这样惨烈的方式回敬那些等着看她下场的人。

不假他人手，她自己动手。

徐志摩去世的前一年，一向宠爱小曼的父亲陆定去世。父亲离去了，大树倒了，财大气粗的陆家已是今非昔比。

她埋怨丈夫没有时间陪她，为了这段婚姻的付出，她不能对人言，她拿了一生的幸福赌了一把。如愿以偿嫁给诗人后，她以为是和她理想中的生活境界接近了，却怎知前途危机四伏。

徐志摩搭乘邮政飞机去上课，小曼认为不安全，不许他做"空中飞人"，有时他也能搭乘张学良的专机去上课。徐、林恋早已是过往，但仍旧有同事之谊，小曼不许他去北京听"绯闻女友"的讲座，两人争吵了起来，她失手打碎了丈夫的眼镜，他干脆摔门走了。

这一别，成永恒。

原本在北京接机的林徽因，托丈夫在事发地捡了块碎片，挂在墙上，直至她去世。徐家授意张幼仪全权处理丧事，并且将家族的全部生意交由她打理。张幼仪始终是徐家的儿媳，她为徐家生下两子，虽然次子不幸夭折，但在徐父的眼中她是徐家唯一认可的媳妇。

林徽因大约早就看出了徐家的态度，一个靠破坏别人家庭而得到婚姻，无论在当时还是今天，都不是什么光彩的事，况且徐家是有名望的家族，林自己也是出身名门，同时追求她的梁思成是梁启超的儿子，她有更好的选择。

丈夫的葬礼，妻子不能参加。

后来，她更难以摆脱抽鸦片的习好，因为生活的压力，与翁瑞午同居。胡适要她离开翁瑞午，他可以负责她的生活费，小曼拒绝了，理由是他们在一起已多年，翁现在身体不好，她不能赶走他。

那次国民党禁毒抄家，发现陆小曼家有烟具，就把她关了一夜班房。第二天一早，翁瑞午打通了关节，将她保了出来。

翁瑞午，其父翁绥祺曾任广西梧州知府，以画名世，家中鼎彝书画累筐盈橱。翁瑞午会唱京戏，画画，鉴赏古董，又做房地产生意，是一个文化掮客，被胡适称为"自负风雅的俗子"。

翁瑞午很会花言巧语，人也风趣，喜欢唱戏、画画，又教会小曼抽鸦片，徐志摩不喜欢这些更反对抽大烟。翁瑞午能和小曼共度20多年，喜好很是投契。

丈夫去世后，她的生活费全靠翁瑞午工资和卖画、卖古董，两人开始同居。

徐申如（徐志摩父亲）在儿子去世后买通看门，监视她的一举一动。一天夜里，翁的汽车坏了，借宿在小曼二楼的烟榻，她自己在三楼，徐父得知后，到那月底，派人送来300元附了张条子：如翁君已与你同居，下月停止了。

翁得知后大怒，毫不客气，搬上三楼，从此他负担她的生活。

"你们晓得吗？小曼可以称为海陆空大元帅。因为王赓是陆军，阿拉是海军少将，徐志摩是飞机上跌下来的，搭着一个'空'字。"翁跟别人开玩笑说。

小曼和翁没有轰轰烈烈的爱情，但翁却是唯一一个陪着她最长久的男人，即便翁是有妻室的。

她解释过两人的关系："我与翁最初绝无苟且瓜葛，后来志摩坠机死，我伤心至极，身体太坏。尽管确有许多追求者，也有许多人劝我改嫁，我都不愿，就因我始终深爱志摩。但是由于旧病更甚，翁医治更频，他又作为老友劝慰，在我家长住不归，年长日久，遂委身矣。但我向他约法三章：不许他抛弃发妻，我们不正式结婚。我对翁其实并无爱情，只有感情。"

她说："我的所作所为，志摩都看到了，志摩会了解我，不会怪罪我。""情爱真不真，不在脸上、嘴上，而在心中。冥冥间，睡梦里，仿佛我看见、听见了志摩的认可。"

翁也走在她之前，那时小曼的第一任丈夫王赓也早在 1942 年病故。她生命中的男人，都一个个先她而去了，翁临走前放心不下她，她劝他别乱想，好好养病。

六／恩与爱的抉择

徐志摩的爱情故事，轰动的不只是三个女人，牵扯到的一堆友人也叫人追问，诗人的魅力连赛珍珠也曾折服。

赛珍珠在中国任教时，接触了不少当时名家、学者，其中就有新月诗社主要成员徐志摩。

纵观陆小曼的一生爱与伤，再想想徐志摩的原配张幼仪，事实上真如张幼仪所说，在徐志摩的那些女人里，只有她，最爱他。

赛珍珠曾在自己的作品《北京来鸿》里暗喻她与一位中国友人有"不寻常的关系"，"此男是谁"？一直耐人寻味。

1925 年，赛珍珠写下短篇小说《一个中国女子的话》，内容是异族青年男女的罗曼故事，以暗示她与徐志摩之间的恋情。另有短篇小说，也有相似恋情的影子，小说男主人公最后死于空难的情形，与当年徐志摩在济南附近党家庄飞机失事的情形相吻合。

直到赛珍珠去世后 5 年，其生前好友莎拉·布顿才在一次访问记里指名道姓说出，这个"影子"不是别人，正是有"中国拜伦"之称的徐志摩。

诗人自己从未提起过，连身边好友也不知情。赛珍珠比徐志摩大 4 岁，两人相识时，赛珍珠已是 32 岁妇人体态，她容貌朴素，不善打扮，与徐的审美哲学大相径庭。

朝夕相对的人怀念他，不足为奇，连赛珍珠对他也恋念不忘。

在数得着的名女人中，小曼从张幼仪、林徽因、赛珍珠手上赢得了徐志摩，她将自己的一生葬在这份被上天和魔鬼共同诅咒的爱情中，赢了爱情，她亲手埋葬了所有，和她自己。

到今天，我们无从得知当她听闻前夫王赓病逝异国他乡是怎样的心情，从来没有爱过，也就不会心疼。王赓自离婚后一直未娶，他在官场沉浮时，是否有哪个女子走进过他的生活？随着他在埃及病逝，葬于开罗英国军人墓地，一切都烟消云散。

这两个和她共同生活过的男子，在任何时代看来都优秀的人选，都先她而去了。晚年陪着她的翁端午，最后还是先她一步离开。

因为徐志摩，张幼仪脱胎换骨，她成了职场女性，得到了事业上的丰收，她说："在去德国之前，我什么都怕，在德国之后，我无所畏惧。"张在股市里也赚了很多钱，与徐家两老保持着良好的关系，在自己的住房旁边给公婆盖了幢房子，为其养老送终。在经济上帮助陆小曼直到 1949 年上海解放，她赴香港定居方终止。

逃离徐志摩，林徽因在文学之外，在建筑史上和丈夫梁思成齐头并进。

暗恋过徐志摩，赛珍珠拿下了诺贝尔文学奖。

诗人真有个旺女人的命，而被他爱上、和他相守的女人，却像遭到了诅咒。

她爱上了爱情，将一手好牌打得满盘皆输，她用后半生来惩罚自己。

　　张幼仪在华丽转身后，有人问她爱不爱徐志摩，她说："你晓得，我没办法回答这个问题。我对这个问题很迷惑，因为每个人总告诉我，我为徐志摩做了这么多事，我一定是爱他的。可是，我没办法说什么叫爱，我这辈子从没跟什么人说过'我爱你'。如果照顾徐志摩和他家人叫作爱的话，那我大概是爱他的吧。在他一生当中遇到的几个女人里面，说不定我最爱他。"

　　长歌当哭，大爱，无言。

第三章

赵一荻

一 / 为爱私奔

只有女人才能看穿另一个女人的用心，尤其她们还爱着同一个男人。

"如果不是西安事变，咱俩也早完了，我早不跟你在一块了，因为你这乱七八糟的事情，我也受不了。"多年后赵一荻如是说。

"我这个生活呀，就是到了三十六岁，发生大转变。假如没有西安事变，我不知道我还会有什么经历呢。"晚年，张学良承认道。

能和他因禁一生，她以自由换得最后的幸福。外面的世界对她和张的生活充满威胁，她要和半个人类为敌，她一辈子能让人记住的是她仿效卓文君夜奔已有家室的少帅张学良。张的一生有太多的故事，无论在历史舞台上，还是情场上，这头叱咤风云的东北虎势如破竹。即便上司蒋中正的妻子宋美龄也对他青睐有加。

大人们口中的西安事变，杨虎城的下场很惨，一家五口一个不剩。张学良活了下来，普遍认为这是因为他救过老蒋的命。后来看到一些报道说张和老蒋私下关系不错，以兄弟相称，主要是少帅手上有东北军，以老蒋当时的处境，张是他极力要笼络的人。

以蒋中正的城府，他不会不知道妻子对张少帅的好感，一来碍于现实情况，二来张学良和宋美龄相识早在老蒋和宋认识之前。张在晚年时也说了："若不是当时已有太太，我会猛追宋美龄。"用"太太"这个借口除了滥还有些矫情，听来有些别扭，于凤至成了阻人好姻缘的"拦路虎"，而张的意思是要娶宋的。

宋美龄是个极有政治头脑的女人，宋家的权势、声誉和地位，放眼整个民国无人能及。张是军阀出身，仗着奉系军阀老子张作霖打的天下，论家世，再不可一世，在国父的小姨子宋美龄面前，少帅未必不敢。另外，大他3岁的宋美龄，不见得会像个小姑娘似的为爱意乱情迷。

老蒋心里清楚，不必说穿。极有政治手腕的宋周旋在蒋、张之间游刃有余，利用自己的魅力为老蒋争取最大利益。

男女之间牵扯到感情纠葛，在生死攸关时，总会显示出出乎意料的现象。宋在西安事变后极力保住张的命，甚至不惜威胁自己的丈夫抖搂他的秘密来保张。张的风流倜傥无人不知，宋在张落难时的这份真情，对擅长利用特务打探情报的老蒋，是有触动的。

宋与张的原配于凤至关系不错，宋母（倪桂珍）收于凤至做干女儿，宋美龄适时和于结拜为姐妹，于与宋霭龄关系也不错。宋对她的这份姐妹情，除了政治因素外，或者也有感原配夫人对少帅生性风流的隐忍，以及于凤至背后承受的孤寂。这些，最后都被一个叫赵一荻的女子终结。没有赵四，张学良还有别人；没有少帅，赵四或许能做个幸福不为人知的女子。但这样的话，她的人生一定无趣多了。

还好，历史从来没有如果。

赵一荻，又名绮霞、香笙，1912 年生在香港，一荻是她少女时代英文名字 Edith 的译音。排行第四，亦称赵四小姐。她父亲是当时北洋政府交通部次长赵庆华，字燧山，曾任津、沪等铁路局局长，达官显贵。他生有六男四女，赵四是小女儿。小时候她常住在天津，当时各界很多要人在此购置住所。

她跟三个已成年的姐姐参加各种社交活动，当时天津最有名的社交场所是蔡公馆，主人蔡少基曾任天津海关道台，家资富有，留学德国，颇为洋派，后成为张学良三弟张学曾的岳父。府内常举办舞会、放映电影，邀请天津名媛、公子前来相聚。

少帅在蔡公馆聚会前曾在《北洋画报》上一睹过赵四的容貌，她一身时髦洋装，坐在春天里，帽子遮住半边脸，这帧照片流传甚广。

一见钟情尚不足以动人心魄，赵在北戴河游泳差点溺水的那次，少帅恰好英雄救美，从好感到倾心电光火石。

少帅正意气风发，魅力不凡，一直是社交界各名媛千金争相想要结识的公子哥。他是民国四公子之一，出了名的花花大少，比起文人多情、文弱，出身草莽的绿林军阀显得更有阳刚之气，用他自己的话说：女人要沾上我，她就不离开了。

名士爱风流，他可不是一般的小人物。同样是各种绯闻缠身，发生在谁的身上就很讲究，赵私奔少帅，颇有外室逼宫的架势。赵家是有头有脸的名门，赵父一气之下与女儿脱离父女关系着实让人愕然。往好处想，赵父走这一步表面上是不给女儿留退路，他对少帅的脾性多少也有了解，张、赵两家之间关系先前还不错。

少帅这时将一个走投无路的痴情少女拒之门外显然不符他军人的气概，传出去倒让人笑话，以为他堂堂少帅家里的事做不得主。

私奔的版本有多种，根据当时张学良的副官陈大章的回忆：张学良任东北边防司令长官后，给赵一荻挂去长途，问她能否到奉天（沈阳）来旅游，赵说要征求家长的意见。几天后，她电话回复，业已征得父母同意，准备应邀前往。于是，张学良就派陈副官赶至天津迎接。上路前，赵家人曾赶到火车站送行。

赵四到奉天后，天津传出了不少谣言，一些小报趁机大做文章，一时间，满城风雨。天津一家民间小报《商海周报》以《赵四小姐失踪记》为题，长篇大论登载了"种种内幕消息"，因为涉及一些鲜为人知的内情，立刻被各大报纸争相转载，绯闻越炒越热，扑朔迷离。

赵父赵庆华立刻在报上发表声明：我族世祖清献公，系属南宋后裔，居官清正，持家整肃，家谱有居家格言，家祠有规条九例，千余年来，裔孙遵守，未尝败坏。历朝御赐文联，地方后吏春秋致祭，即民国前大总统、总理亦赠匾对，荣幸何似！讵料四女绮霞，近为自由平等所惑，竟自私奔，不知去向，查照家祠规条第十九条及第三十二条，应行削除其名，本堂为祠任之一，自应依遵家法，呈报祠长执行。嗣后，因此发生任何情事，概不负责。此启。

赵父这一举动，让当时的陈大章和张学良大感不解。从奉天北陵别墅去高尔夫球场的路上，陈大章听见张学良问赵一荻小姐："你父亲既然同意你来此，为什么又登报声明？这弄得多么不合适。"面对张学良的嗔怪，赵小姐一言未发。

谜底不必揭晓，天下父母心，赵父从获悉小女儿和少帅的种种传闻时，大约已料早晚有这一天。一个是情场上纵贯南北的"常胜将军"，一个是情窦初开的二八年华，女人喜欢他无须多少慧眼，甘愿赌一赌这个男人是不是狠心扔下她。

赵父一路官运亨通，人情世故的道理总能看出个脉络。古今中外多少始乱终弃的戏码，父爱不同母爱，他给四女儿的便是这份决绝，既要学人私奔，就要有魄力，斩断所有退路，退一步都是万丈深渊。那些拼死拼活想粘上少帅的女子，几个有好下场的？"随军夫人"谷瑞玉削尖了脑袋想进大帅府，还在世的老帅张作霖和儿媳于凤至一致反对姨太太进门。

1925年发生的弹劾铁道部门事件，起因是铁路局存在不廉洁问题，赵庆华被牵连在内，仕途从此一蹶不振。1929年9月25—29日在报上连登5天声明，之后，又深感惭愧，他辞去北洋政府交通次长的职务，干脆退隐。

那时张作霖已被炸身亡。同年中东铁路事件，"改旗易帜"的张学良，追随南京国民政府的国际反苏路线，采取军事行动收回中东铁路主权，与苏联红军交手中东北军节节败退，伤亡惨重，南京政府不发一兵一卒，最后少帅只能无条件接受中东铁路恢复原状。

这焦头烂额的节骨眼上，少帅有心情玩私奔？他和于凤至最疼爱的儿子那年（1929年）查出患有结核病，国事、家事轮番轰炸。照张后来说的，他打电话给赵，让她来奉玩玩，这个说法还比较可信。男人在外面胡天胡地风骚，就表示要带回家吗？

要留住这头"东北虎"，只有出其不意攻其无备，以赵父在官场上炉火纯青的大手腕，自然要为女儿打造一条独一无二的路。在当时看来是"死路"，赵四演绎了另一版本的"娜拉出走后"。谣言止于公开，后路截断，张赵恋必然要有个明确。

男女间的事，最伤痛的不是轰轰烈烈的恩断义绝，而是掺和了谣言和猜忌还吃了暗亏的暧昧不明，最终竹篮打水一场空。有了这份声明，少帅面子上不能将赵四拒之门外，传出去让人说：这新当家的打仗打不赢，连女人都负不了责。

原配于凤至在晚年提到丈夫年轻时有很多女人追求："这群女人中有一个叫赵绮霞，她父亲是政府中主管经济的要员，她因终日在舞场流连、不肯上学，被称为赵四小姐，她追逐汉卿，报纸杂志大肆渲染。她父亲管教她不听，登报脱离父女关系，成为一时新闻。她以此为由，托人找我，要求任汉卿的永久秘书，服侍汉卿的生活，汉卿要我决定。我可怜她十四岁幼龄，无家可归而允许。赵绮霞来到沈阳帅府，一进门就跪地向我叩头，说永远不忘我的大恩大德，一辈子做汉卿的秘书，决不要任何名分。我用我的钱给她买了一所房子，并且告诉财务人员，给她工资从优，以尽到对人之心。"

赵父的声明、副官陈大章、原配于凤至的回忆，以及当时张、赵的反应，褪去传奇的色彩，爱情不过如此。

赵四应少帅之邀去奉天旅行，她家人去车站送她，显然不能武断说私奔。虽不知赵父是否在场，既然从一开始就反对女儿与张交往，又对女儿禁足，这番"壮举"定会风声漏出，毕竟私奔是这么大的事。

正如少帅自己说："其实我并没有怎么追求女人，除一两个我主动追求外，大都是女人追我。"晚年恢复自由之身的老帅，在与朋友聚会中，忆及这段"传世私奔"时说："那一年（1929年），我有病，在沈阳养病，赵四就拎了个小包从天津来看我。本来她看完是要回去的。她那时已经家里介绍，有了婚配的对象，她对那人印象也很好。后来她异母的哥哥就到老太爷那告状，说妹妹私奔了。原来赵四的母亲是盛宣怀家的丫头，是姨太太，上面还有个太太，也是盛家的小姐，生了几个哥哥。哥哥就想借这事来打击赵四母亲这一房。老太爷一听，大怒，就登报脱离父女关系，将她逐出祠堂。这下可好，回不去了，只有跟了我啦。所以我说她哥哥是'弄拙成巧'了。唉，我说姻缘就这么一回事。"

赵庆华父凭女贵，声明中列举的家族荣誉，为后世带来了意想不到的"照顾"。赵父生前在北京购置的墓园，经历次修缮后颇具规模。20世纪80年代时，破例在赵庆华墓碑上刻上所有子女的名字，包括4个女婿，算是追认赵庆华是张学良的岳父。

到底是官场政要退下来的，还是个大官，他的大手笔，意在出奇制胜，余下的就看赵四自己了。

二 / 艰难岁月的红粉知己

能让这段爱情流传下来成为一桩美谈的，除了当事人自己的努力，关键是这出"阴差阳错"的误会。

"金屋藏娇"时期的赵四，除不能撼动原配于凤至不可动摇的地位外，还有层出不穷的威胁，如"随军夫人"谷瑞玉不时现身在张的身侧。

谷是张刚起步时的女朋友，她给身在前线的少帅写情书，甚至奋不顾身赴前线探望。比起私奔，勇气之外更需要热血。战场上，除了医务兵，上前线的女人十分罕见，某些国产剧里交火区域内作战部队正在开战，女护士探头探脑用充满关爱的眼神看着意中人，高呼一声"小心啊"，那是天方夜谭。

战争最可怕的不是死亡，而是肮脏与传染病，和随时出现的物资匮乏，条件之差不可想象。随军夫人之名颇有古风，但因过于悬殊的身份地位，这并不能作为老帅去世，姜侍进门的资本。

以赵四这样的家世，尚且没有名分陪伴在侧几十年。谷瑞玉的出身并不能说好，一说她有两个姐姐先后嫁给了东北军军官，她有不少机会接近少帅，谷家原也是经商的大户人家，后来家道中落，谷天资聪慧，精通英语，并在张与英国商人晤谈时，谷曾做过他的翻译。另一说她出身名伶，戏子、舞女们上演了一出出爱上落魄旧贵、新贵阶层的好戏，徒增伤悲，改变不了命运，张作霖会态度如何不言而喻。

张学良的各类史料里，关于谷的记录极少，她处在于、赵之间，随着张、赵恋公开，谷和张在 1931 年初离婚。谷瑞玉在 1922 年跟随少帅到奉天，老帅"约法三章"：从此不再登台唱戏；不许抛头露面；不能参政、过问军政要事。

以此可见，张家对妾侍的态度差不多。老帅认可的儿媳只有恩人于文斗的女儿于凤至，张作霖被炸身亡后，谷在"秘不发丧"期间从天津返回奉天，险些中了日本特务的诡计，酿成大祸。逼宫不成，反招致张的反感。

虽不知当时赵四是何反应，从这位随军夫人的例子，赵也见识了张的态度。她若想进张家的门，"约法三章"的事铁板钉钉。张、谷离婚后，张在纸上写了短短三句：离异以后，谷瑞玉女士不得利用张学良的名义；不得为娼；任凭改嫁。

念随军之劳，他留下英租界那幢楼房以及 10 万块大洋。

打发了一个女人，还有更多的女人飞蛾扑火。

自古英雄多好色，未必好色尽英雄。
我虽并非英雄汉，唯有好色似英雄。

少帅晚年作了这首诗，自我评价说，他年轻时，"潘驴邓小闲"（指男人泡女人的五大件：外貌，性能力，钱，耐性，闲工夫）这几样，他就是少了一样：闲工夫，不过他有权势，可以弥补。

明目张胆的有 11 个情人，其他的还不算进去，这一拨拨的人，要记住名字、来历也是个头脑活。何况，少帅还有正经事要忙，能说得出口的情人，也是有头有脸的女子，老要张狂少要稳。年轻时做的那些荒唐事，老了还能拿出来跟人扯。

少帅在回忆录里说，要不是太太当时在他身边，再多喝几口酒，他就更加口无遮拦。他和女朋友们之间的各种"风云诡谲"几本书都写不完，他甚至对采访他的人表示，"你要是把我的艳史写成书，准能发财"。

震惊中外的九一八事变，将张学良再次推到风口浪尖上，他执行蒋中正的"不抵抗政策"致使东三省沦陷，千万东北父老成了亡国奴。报人邹韬奋主编的《生活周刊》发表《东北的漆黑一团》一文指出："少帅的确没有名义上的姨太太的。然而后宫佳丽却足有数十人，这数十位实际姨太太，优伶也有，娼妓也有，次要人的太太小姐也有。总而言之，他的秽德，在东省是彰闻的。他的大烟瘾也是盖世无双，一枪在手，美人在怀，神魂颠倒，乐不思蜀，无怪乎日兵一到，只能把辽、吉揖让恭送。"

这还不够，连影后胡蝶也被牵扯在内。一个署名"越民"的读者给邹主编的刊物发来一篇《不爱江山爱美人》的小文，叙述张学良那晚在北京六国饭店与胡蝶跳舞。小报们纷纷转载，一致将其作为张学良不抵抗的理由。其中声势最大流传最广的为国民党元老、北平民国大学校长马君武在上海《时事新报》发表的《哀沈阳》诗二首：

（一）

赵四风流朱五狂，

翩翩胡蝶正当行。

温柔乡是英雄冢，

哪管东师入沈阳。

（二）

告急军书夜半来，

开场弦管又相催。

沈阳已陷休回顾，

更抱佳人舞几回。

张学良一夜沦为"风流将军""不抵抗将军"，胡蝶是戏子，立刻成为"红颜祸水"，又是一组很搭调的复古桃色新闻。其实张的作风很现代，胡蝶是电影明星，摩登时尚人物，这样的组合最具轰动效应。

赵四不必说。朱五是当年北洋政府内务总长朱启钤的五女儿朱湄筠，也是张学良二弟张学铭的大姨子，即张学铭太太的五姐。她常与少帅跳舞，后嫁给少帅的秘书朱光沐为妻。赵四、朱五未置一词，解释从来没用，只能刷新头版头条。

胡蝶与少帅素未谋面，无端被牵连，她当然激愤难平，立刻在《申报》上刊登声明澄清：

"蝶于上月为摄演影剧曾赴北平，抵平之日，适逢国难，明星同人乃开会集议公决抵制日货，并规定罚则，禁止男女演员私自出外游戏及酬酢，所有私人宴会一概予以谢绝。留平五十日，未尝一涉舞场。不料公毕回申，忽闻海上有数报登载蝶与张副司令由相与跳舞而过从甚密，且获巨值之馈赠云云。蝶初以为此种捕风捉影之谣，不久必然水落石出，无须巫巫分辨乃曰。昨有日本新闻将蝶之小影与张副司令之名字并列报端，更造作馈赠十万元等等之蜚语，其用意无非欲借男女暧昧之事，不惜牺牲蝶个人之名誉，以遂其污蔑陷害之毒计。查此次日人利用宣传阴谋，凡有可以侮辱我中华官吏与国民者，无所不用其极，亦不仅只此一事。惟事实不容颠倒，良心尚未尽丧，蝶，亦国民一分子也，虽尚未能以颈血溅仇人，岂能于国难当前之时，与负守土之责者相与跳舞耶？"商女不知亡国恨"，是真狗彘不食者矣。呜呼！暴日欲遂其并吞中国之野心，造谣生事，设想之奇，造事之巧，目的盖欲毁张副司令之名誉，冀阻止其回辽反攻。愿我国人，悉烛其奸而毋遂其借刀杀人之计也。"

连胡蝶所在的电影公司同事们也发表辟谣文章，说九一八事变之后胡蝶才抵达北平，根本不可能与张见面。

之后张到上海时，胡也在，有人想给他们引荐，张婉言拒绝了。胡蝶晚年在回忆录中也特地指出这桩"莫须有"的公案。

谷瑞玉的遣散，胡蝶的捕风捉影，这期间还另有一位四小姐，蒋士云，她很可能是张学良口中的最爱。

从后来的西安事变到重获自由，少帅从来没有忘记这位"女朋友"。蒋士云和赵一荻同岁，1927年夏初识少帅时，她还是个小女孩，后跟着外交官的父亲蒋履福去了欧洲，说一口流利的英语、法语。1931年时，蒋士云下决心要跟少帅"摊牌"，却得知他身边已有位"女秘书"赵四小姐，还生了一个儿子。

一个是北方佳丽，一个是江南名媛，蒋四不甘屈居在赵四之后，只好退出。

张的女人缘不限国界，如墨索里尼的女儿艾达，意大利驻华公使齐亚诺伯爵的夫人。张在北平期间认识了艾达，互有好感。艾达主动约他看戏、听音乐会，几乎每天都有她的邀请。

有次，在艾达要求下张学良亲自开飞机带她在空中飞了一回。又是一个天雷滚滚的头条，惹得老蒋光火，拍案嚷道："胡闹，简直是胡闹，这个张汉卿，就没有他不敢干的事！"宋美龄也挂电话给张，他才开始收敛。

九一八事变后，张与艾达宴会中再次见面，张学良因为痛失东三省的事，提出想购买飞机，艾达动用她的特殊身份果真促成了这件事，为此张非常感激她，两人分别时艾达非常伤心。

以赵四的身份根本无从插手任何事，家里有于凤至执掌，丈夫常年在外。军机要务，她自是不能过问，但有一件让她忧心如焚的事，那就是张学良年轻时就染上了毒瘾，来张家的客人不是奉茶，而是直接上榻抽几口鸦片。

张作霖对儿子的教育，是要儿子继承他的一切，做儿子的无从反抗。连年征战，目睹了各种杀人如麻的战争场面，战后面对各类施压，张的毒瘾越来越大。杨宇霆向他推荐"对戒除鸦片烟瘾有特效"的日本进口注射药，这种含有可卡因的注射剂，使人在摆脱鸦片瘾后染上了新的毒瘾，吗啡瘾。在前线指挥作战，他一天要注射好几次，整个人立刻变得形容枯槁。

战事失利后，老蒋开始削弱张手上的兵权。这时，宋子文带来了德国名医米勒医生。米勒提出约法三章：夫人于凤至和赵四小姐必须同时戒毒；戒毒期间，医生有节制卫队与随从的权力；暂停私人医师的工作，任何人不得擅入病房。

经过7天7夜的炼狱，少帅戒掉了毒瘾，这期间艾达不时打来电话询问情况。调养好身体后，少帅带着夫人和女秘书坐上了去意大利的邮轮，这是一次完全新生的旅程。

他完全被一个外国女人吸引住了，艾达支配了他大部分时间，在意大利与政要和墨索里尼夫妇会晤。

赵一荻看着这个她生命中的爱人，他就在身旁，她却无法靠近他。蒋中正和夫人也不喜欢她，她就像小妾。

爱上一个风光的男人，隐忍是唯一能留在他身边的方式。当他感到需要你时，那是他退下"神坛"的那一刻，幸好，赵一荻的这天来得不算晚。

三 / 同居三十载，终于等到名分

这是一封于凤至给赵四的书信，关于她和张离婚，而劝解赵四的。

获妹慧鉴：

时间过得真快，自从 1940 年我赴美医治乳癌，已经廿余年不曾见面，真是隔海翘首，天各一方！

记得是 1928 年秋天，在天津《大公报》上看到你父亲赵燨山因你和汉卿到奉天而发表的《启事》，声称与你断绝父女关系。那时虽然我与你还不相认，但却有耳闻。你是位聪明果断，知书达理的贤惠女子。你住进北陵后，潜心学业，在汉卿宣布东北易帜时，你成了他有力的助手。为了家庭和睦，你深明大义，甚至同意汉卿所提出的苛刻条件：不给你以夫人名义，对外以秘书称谓。从那时开始，你在你父亲和公众舆论的压力下，表现出超人的坚贞和顾全大局的心胸，这都成为我们日后真诚相处的基础与纽带！

你我第一次见面，是 1929 年的冬天。我记得，那天沈阳大雪纷飞，我是从汉卿的言语上偶尔流露中得知你已产下一子，这本来是件喜事。但是我听说你为闾琳的降生而忧虑。因为你和汉卿并无夫妻名分，由你本人抚养婴儿实在是件很困难的事情。你有心把孩子送到天津的姥姥家里，可是你的父亲已经声明与你脱离了关系，你处于困窘的境地。我在你临产以前，就为你备下了乳粉与乳婴的衣物。那时我不想到北陵探望，令你难为情。我思来想去，决定还是亲自到北陵看你。我冒着鹅毛大雪，带着蒋妈赶到你的住处，见了面我才知道你不仅是位聪明贤惠的妹妹，还是位美丽温柔的女子。你那时万没有想到我会在你最困难的时候来"下奶"，当你听我说把孩子抱回大帅府，由我代你抚养时，你感动得嘴唇哆嗦，眼泪就像断了线的珠子一样滚落下来，你叫一声："大姐！"就抱住我失声地哭了起来……

汉卿后来被囚于奉化，你已经由上海转香港。我非常理解你的处境，你和闾琳暂避香港完全是出于不得已！经我据理力争，宋美龄和蒋介石被迫同意我去奉化陪狱。嗣后，我随汉卿辗转了许多地方，江西萍乡、安徽黄山、湖南郴州，最后又到了凤凰山。转眼就是三年，荻妹，我只陪了汉卿三年，可是你却在牢中陪他二十多年。你的意志是一般女人所不能相比的，在我决心到美国治病时，汉卿提出由你来代替我的主张，说真的，当初我心乱如麻。既想继续陪着他，又担心疾病转重，失去了医治的机会。按说你当时不来相陪也是有理由的，闾琳尚幼，且在香港生活安逸。我和你当时面临一个痛苦的选择，要么放弃闾琳，要么放弃汉卿，一个女人的心怎能经受得住如此痛苦的折磨？

后来，你为了汉卿终于放弃了孩子……荻妹，回首逝去的岁月，汉卿对我的敬重，对我的真情都是难以忘怀的。其实，在旧中国依汉卿当时的地位，三妻四妾也不足为怪（依先帅为例，他就是一妻五妾）。可是，汉卿到底是品格高尚的人，他为了尊重我，始终不肯给你以应得的名义……闾瑛和鹏飞带回了汉卿的信，他在信中谈及他在受洗时不能同时有两个妻子。我听后十分理解，事实上二十多年的患难生活，你早已成为汉卿最真挚的知己和伴侣了，我对你的忠贞表示敬佩！……现在我正式提出：为了尊重你和汉卿多年的患难深情，我同意与张学良解除婚姻关系，并且真诚地祝你们知己缔盟，偕老百年！特此专复，顺祝钧安！

姊：于凤至
于旧金山多树城
1963 年 10 月

张学良曾经这样总结过自己："平生无憾事，唯一爱女人。"

他的这唯一爱好，也使跟他有关的女人们这辈子都不平淡，为敌，较劲。

两个女人伺候一个男人的故事，来自男性的意淫：女性天生就该有义务替男性处处着想，连伺候男人也要分享并融洽着。

这封洋洋洒洒千余字的信，怎么看都觉得别扭，各种滋味很让人咀嚼。当年"私奔"的情形，于凤至不仅在回忆录里抖搂了出来，这封信里也说得清楚明白。

同行是冤家。她们明摆着分享一个忒能来事的丈夫，家里的阴晴圆缺已经够喝一壶的了，外头的麻烦事从没消停过。跟着张学良这样风光的男人，风光沾不到，沧桑是必然的。所以，张被关了起来，反是件好事。即便是关押期间，张的女朋友之一蒋士云还带着丈夫贝祖贻去奉化雪窦山探望他。

落难时期，还有女人来探望他，可见情谊匪浅。

赵一荻晚年时有很多书商联系她出版回忆录，她都拒绝了，也看不到资料中她对张在外的绯闻态度。赵四除了那句要不是西安事变两人早分了之外，这72年里她从一个执着沉默的女秘书、女朋友之一，到成为妻子，是她一生最大的赌注和隐忍。

于凤至对赵一荻的接纳非常勉强。跟随张学良、于凤至夫妇19年的王凌阁老人的回忆：张学良希望于凤至能够同意赵四跟他在一起，许愿说赵四过来后"进门不姓张，有孩子不要，家里的事不管，不招待人，出外面只说是秘书"。但于凤至就是不乐意。张学良一着急，又掏出枪来，于凤至就说："你把我打死吧！"张学良说："我哪是想打死你，是我已经答应了赵四。我堂堂做司令的，说话不算数，没有办法，我只有自杀！"于凤至连这一套也不吃，说那就干脆离婚算了："闺女归我，小子归你，你当司令，国家大事都能管，老逼我干吗？"

在丈夫的坚持下，于凤至只能答应，并提出约法三章。

1936年12月12日，震惊中外的西安事变爆发。张学良生死未卜，有两件事放心不下：一是东北军，他写下手谕，交王以哲、于学忠等人代管；二是赵四母子，为防不测，吩咐参谋长在他离开西安后，立即将赵四母子送往香港。

赵四说什么都不肯，此次分别如生离死别，再见只怕千难万难。于凤至从国外赶回，她只好带着儿子去往香港。

1940年，于凤至患有乳癌去美国治疗，少帅提出让赵四陪伴。

赵一荻在孩子的成长过程中缺失了许多重要环节。作为爱人，张学良永远是她的第一位。在将儿子交托给一对美国友人后，她终于回到了少帅身边，以秘书的身份，尽妻子的责任，寸步不离。

动荡岁月里，赵等到了一段漫长的"现世安稳"，她跟着张辗转各处软禁地，甚至到台湾井上，条件十分艰苦。千金小姐的赵四学会务农、缝衣，陪他用英文对话，一起打网球、钓鱼，他研究明史、写文，她替他购置书籍、查找资料，做文书。

赵四与母亲后来未能再见，儿子独自在美，所有这些颠沛流离，换来如愿做他的妻子，没有别的女人，没有打扰。

留恋过各式各样的女人后，还能陪他聊聊昨天的只有赵一荻。张学良心目中最爱的女人是不是她，谁知道呢，一直陪着他的人只有赵一荻。从前的女朋友们、原配夫人都有了新生活，缘分将她们拉进，又去离；为这个失意的男人赔上一生的，唯有赵一荻。

能征善战的大帅府里，女人们一样有出将入相的底气。

于凤至同意离婚，既非张的信仰问题也非被他们相伴相守的20多年感动，更不是扯淡的"姐妹情深"。她强调从未主动提出过离婚，这是政治上的让步。于凤至打电话给张学良，张说："我们永远是我们，这事由你决定如何应付，我还是每天唱《四郎探母》。"

女人间的钩心斗角比不上男人的一句话，男人冠冕堂皇一句不忍心，"后宫上位戏"也不用他决定了。女人以为是她们的事，她们能决定得了？

张和于凤至结婚是旧式的包办婚姻，对老帅他不能违逆，他从小就知道父亲对自己意味着什么。提到父亲张作霖时他说："我姐姐跟我第五个母亲不大和睦。她写了一封信给我父亲，诉说我家里的种种不公，我父亲看了又生气又难过，便把我找去了，拿信给我看。他说，好吧，我待你们姐弟三人不公平，那给你们几个钱，你们自己去过吧，咱们也不用见面了！我说，爸爸，你生什么气呢，你着什么急呢？她是个女儿，过几年要出嫁了，她不是我们张家的人。你要看我呀，我是你儿子。你有事你不靠我？你管那些干什么？别理她得了，过两年她不得走啊，你生什么气呀？有事情你可以都跟我说。我都是十五六岁了。那时我差不多十六岁，我父亲就觉得我很奇怪，看我这个人很怪。"

15岁时少帅听从父亲的安排娶了18岁的于凤至。这些女朋友中，究竟哪个分量最重些，少帅自己恐怕也答不上来，就像他自己说的，他是上战场的人，那打起仗来，真不知道谁能回来谁回不来。

正因如此，在感情上张是随遇而安的。

于凤至对他放纵，也事出有因。张学良后来回忆说：

"我跟我太太（于凤至）说，你嫁错了人，你是贤妻良母呀，可是张学良不要这个贤妻良母。她对我很好啊，怎么好？你们大家大概都不知道，我太太生我的这个第四个孩子的时候，就得了很重的病，差不多是不治之病。于是，我岳母和我母亲她们就商量，我太太有一个侄女，就要我娶她这个侄女，以便给她照料她的孩子。

这我就反对，我跟她们说，她现在病这么重，真要我娶她的侄女，那我不就是这边结婚，那边催她死吗？我说，这样，我答应你们，如果她真的死了，我一定娶她侄女，你当面告诉她，她自己要愿意，愿意她侄女将来给她带孩子，管着孩子。

她后来病就好了，没死。那么她就为这件事情很感动，所以对我也就很放纵，就不管我了，拈花惹草的。她也知道我和她不大合适。"

相比之下，赵四与少帅之间复杂多了，她被那个大家庭排斥在外，归宿是唯一能支撑她走下去的。要不是赵父当初决绝，也许在最初与原配的较劲时已受尽委屈回家了。

从于凤至去美国治病，一直到两人离婚，中间有 20 多年的时间，要能离掉，不至于拖这么久，当初说的约法三章，在这个天翻地覆的时代早就事过境迁了。一个重要原因是当时在台湾《希望》杂志的创刊号上刊载了一篇惊世之作，题为《西安事变忏悔录》，作者正是敏感人物张学良。他在于凤至去美国时说，只要蒋中正在世，他就绝对不会有出头之日。而他只要有一口气，也绝对不可能"认罪"。

一篇原本是以长信方式记述的回忆性文章，张学良在老蒋的要求下不得不写，在发表时被冠上"忏悔录"三字。这让不明真相的于凤至感到老蒋要动手了，她在美国发起一波"为夫叫屈"的传媒大战，《洛杉矶太阳报》首先刊发于凤至谈话，向台发难。于凤至心想台湾顾虑美国的压力，会做出退让，便以张学良在西方的政治影响及《忏悔录》一事在国会参众议员和司法界上层人士中奔走，这恰恰犯了老蒋的忌讳。蒋中正忌讳的是张学良的夫人和孩子，他早晚会去美国，并回到大陆。

离婚除了政治上的因素，还有信仰上的因素。在宋美龄的影响下，张学良改信基督教，依照教规，教徒在受洗礼时不能有两位妻子，这迫使张必须做出选择。

如果不是"外因"，少帅也许一辈子都不会做出这个选择。一个是少年夫妻，纵然没有很深的感情，两人毕竟在一起经历过了许多大风大浪。另一个是最贴心的"女秘书"，用青春年华陪伴他的女人。

"三角恋"的主角都已两鬓花白了，赵四从16岁的小姑娘，到现在也已经是半百的妇人了。他们三人还有多少时间能维持在这种状况中？两个女人谁都不幸福，赢得婚姻、名分的人没有爱情，陪伴最爱一生的人永远是女秘书。

1964年7月4日，台北市北投温泉风景区的一个教堂里有一对华发染鬓的新人，张学良和赵一荻。此时，他们已与世隔绝28年，张学良64岁，赵一荻51岁。

于凤至无论是出于妥协还是成全而离婚，她最大的不幸是遇见的人是张学良，她最大的幸运是在这个人身边看尽时代的潮起潮落。

前来参加婚礼的12位都是在中国历史上声名显赫的大人物，如政界的张群，艺术界的张大千，国策顾问何世礼，蒋夫人宋美龄及几位外籍友人。

七十二年的美丽与哀愁——梨花海棠相伴老

1975 年春天，蒋介石在台病逝。

这时，一个远在大洋彼岸的女人伺机而动——在美定居的蒋士云通过张学良五弟张学森的转达，在蒋经国的允许下，悄然飞回台湾。

早在西安事变初，蒋士云已通过各种关系去见张学良，当时她嫁给了中国银行创始人贝祖贻，22 岁的她成了贝聿铭的继母。通过丈夫贝祖贻，她弄到一张南京军事法庭审判张学良的旁听券，审判时蒋士云一直坐在张学良后面，他离开法庭时，两人驻足凝望，惊鸿一瞥胜过千言万语。

这一幕，是两位四小姐第一次正面交锋，在之后半个多世纪里都耿耿于怀。

蒋士云从秘密渠道获悉张学良被囚于奉化雪窦山，在贝祖贻的协助之下，得到了军统特务戴笠的同意，她见到了少帅。面对这段记忆，她说："我跟戴雨农（戴笠）也很熟，一切都是他安排的，包括去看他时的飞机和轿车，由于有戴雨农关照，见面还是很顺利的。当然那时他很不自由，我觉得他心情并不快活，当天我就离开奉化回上海了。"

1979年后，蒋士云从美国飞去台湾，她说："从奉化见面以后在大陆再也没有见到他，再相见就是在台湾了。当时他已搬到北投，他的家我去过，但见面时是在饭馆。那次见面时，因为蒋经国对他不错，所以没有通过有关部门。但我知道他并不完全自由，有人跟着他。那次他坐了一辆车，后面跟着一辆车。在饭馆吃饭以后，我就去了他家中。"

赵四正在美国看望孩子，这段"故事"作为妻子的赵四虽没表态，但任何女人即便到了两鬓染霜，也不可能不吃醋。

贝祖贻于1982年病逝，蒋四积极筹备与垂垂老矣的少帅再续前缘。

1991年3月，张学良刚到旧金山，就对身边的人说："我想一个人到纽约去会会朋友，而且还是个女朋友！"当时宋美龄恰好回了台湾，蒋四的可能性最大。

只有赵一荻知道，少帅曾说过："于凤至是最好的夫人，赵一荻是最患难的妻子，贝太太是最可爱的女友，我的最爱在纽约。"

陪伴了这个男人一辈子，听到这话，赵四依然沉住气。少帅的纽约行，成就了一段"黄昏恋"。

纽约行，蒋四为张做了周详的日程安排，这安排对年轻人来说都是个体力活，更何况当时90岁高龄的少帅。这不禁让人揣测蒋士云在打什么算盘。张在纽约的3个多月，一直住在贝太太家，行程：

4月7日，在纽约的播恩堂，参加了华人教会举行的主日礼拜；

4月8日，会见哥伦比亚大学中文系研究生；

5月3日，接受纽约《世界日报》记者采访；

5月11日，接受纽约《美国之音》记者采访；

5月27日，唐德刚以聚餐的名义，表达了祝寿的意愿；

5月28日，任纽约东北同乡会会长的徐松林，陪同几位客人拜访；

5月29日，吕正操一行飞抵纽约之后，在贝夫人家中拜会了张学良；

5月29日，在美的东北同乡会及张学良的亲朋好友，为张学良摆下寿宴；

5月30日晚，纽约"华美协进社"在曼哈顿万寿宫，为张学良举办九十寿庆。

6月1日，旅美侨界在中国园餐馆为张学良庆贺90岁华诞。

6月3日晚，张学良应邀来到曼哈顿中国城餐馆，参加晚餐会。

贝太太是个能说会道的人，还带着少帅去大西洋城赌钱。他过生日时，她就坐在他身旁，引得众人以为是婚变。

照她自己的话说："这大概是女人跟女人之间总有看不开的地方，我就没有这种女人气。"她还说，"张学良现在大概要整天坐着了，真没意思。我要是陪着他，不会像赵一获这样的。"

此时，贝先生已经去世，老来无伴的蒋士云大约更是怀念从前的日子，从她极力夸赞于凤至的话中可见是在挖苦赵四外室上位的身份。

张学良最后还是跟着赵一荻乖乖回到旧金山定居，经过这段插曲，他和贝太太再不通音讯。这件事让蒋士云很感气馁："他在台湾时候我还跟他通电话，离开台湾就没有消息了。我打过一两次，打不进去。我知道有人阻拦，他不便跟外界接触，不能往外打电话。他大概觉得不方便，也许不自由。说是为了便于休息，别打扰了，年龄大了。我想打扰不打扰，他自己可以安排。"

一些人适合做女朋友，风光闪耀；一些人适合做妻子，在落魄时相伴相守。

于凤至用大部分的钱在贝弗利山庄买下两套好莱坞巨星的住宅，其中一套留给张学良回来后居住，她在去世后还留了块空墓给张，自从她来美国就医，直到去世都未再见上张一面。

2000 年 6 月 22 日，赵一荻先丈夫一步而去。

尘埃已然落定，2001 年 10 月 15 日，阳光、沙滩、清新空气，北陵高尔夫球场边的小路早已阡陌无痕，不会开门、倒车、系鞋带的英俊潇洒的少帅，跟着画报上那个坐在春天里的赵一荻去了另一个世界。

黑白旧照片，昏黄的底色，战争、政治、爱情、烽火、囚禁……故事结束了，离开的人带着一抹未尽的笑，奔赴他们下一个旅程。

"她最关心我，我们两个人最好。"张学良说。

第四章

张爱玲

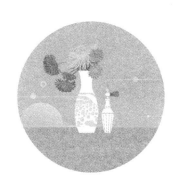

一／黑暗的童年

与她有关的事，人们都津津乐道。

民国那些年，说来说去绕不开她，因为她，才使得那些烽火家国和乱世飘零的岁月变得更值得玩味。你以为了解故事的全部，那只不过个结局，开头、结尾是考古学家们的事，我们对充满变数的经过更感兴趣。

张迷们偏爱她也罢了，连标榜自己并非张迷的读者也极有兴致地看她被新挖掘出的文字。如果她的文字是蛊毒，便让张迷、非张迷们在这场文字饕餮盛宴之中沉迷片刻。

《小团圆》终于重见天日时，猎奇、诧异和质疑声响成一片，即便连不太看书的人也在询问。当时台湾、香港繁体版率先发行，托人从港台带过来，折合价格大约80元人民币，加上运费差不多过百，是同类书差不多3倍的价格。

我在地摊上买过本盗版的《小团圆》，抢先一睹，内地发行后立刻买了正版收藏，有时会想看看不同地区、年代版本的差异，耐人寻味。

在静安寺地铁站下来，步行到位于常德路195号的常德公寓，

30 年代叫"爱林登公寓"（Eddington House，又名爱丁堡公寓，现名常德公寓）。常德路当年叫作"赫德路"，这栋"女人定妆粉"般肉色的公寓楼一直吸引着张迷们前来探访寻踪。爱玲的小说中常常出现女主角坐车到静安寺路下，然后走几步就到家了的情景。裹挟在周围高楼丛林之间，它旧旧矮矮的，低调地伫立在魔都的尘嚣中。

从地段上讲，无论是民国还是现在，它都是金贵的地理位置，民国时期属于美英公共租界。公寓因其设施现代精致，居住的开支极其昂贵，且都只租不卖。为防通货膨胀，租金都用美金或者金条支付，前来详询者多为洋人及受西式教育的"海派贵族"，如张爱玲的姑姑。1942 年到 1947 年，张爱玲一直住在这里，她说："公寓是最合理想的逃世的地方。"

转个弯就是百乐门舞厅，那里的常客有张学良、宋美龄，一个是出了名的少帅公子哥，一个是国父的小姨子，连诗人徐志摩也去。陈香梅与陈纳德的订婚仪式在那里举行，卓别林夫妇造访上海时也曾慕名而来。

现在上海的年轻人多少也知道这个地方，去跳舞是不大可能的，顶多在电视剧里看到时说声："哟，今朝刚经过！"

爱玲的父母亲离婚后，她跟随父亲生活，居住在宝隆花园（今康乐邨，延安中路 740 弄 10 号），张爱玲的母亲黄素琼（又名黄逸梵）和姑姑张茂渊住在法租界白尔登公寓（今陕西南路 213 号）。

父亲张志沂是典型的遗老，恰逢改朝换代，男人比女人接受不了得多，尤其丢弃遗老遗少的做派，简直大逆不道。张志沂沉迷于抽大烟、嫖妓、娶姨太太，受西方文化熏陶的黄素琼怎忍得了，在一双儿女三四岁时，与小姑张茂渊远赴英国留学去了。

究竟是童年苦，还是生活苦？

年幼时，若已看尽生活的百态与无常，又与一屋子遗老遗少们住着，常常先是挣扎，再习惯，于是妥协，最后加入他们。

所幸她还有个受过教育的母亲，缺席了差不多4年的黄素琼终于衣着光鲜地回来了，带着一个外国男朋友。见到已上学念书的女儿，先注意到她穿着继母孙用蕃的旧衣物，款式跟不上，还是碎牛肉色，明显不合身。女儿已是这样，儿子张子静还不知怎么个变数。

对弟弟张子静，爱玲在她的文章中写道："我的弟弟生得很美而我一点也不。……我比他大一岁，比他会说话，比他身体好，我能吃的他不能吃，我能做的他不能做。有了后母之后，我住读的时候多，难得回家一次，大家纷纷告诉我他的劣迹，逃学、忤逆、没志气……"

1995年的秋天，爱玲在加州的公寓里去世，显赫家族的传奇女子，静悄悄地走了。也已"风烛残年、来日苦短"的张子静，决定把自己所知道的一些事情写出来。他说："在姐姐的生命中，这些事可能只是幽暗的一角，而曾经在这个幽暗角落出现的人，大多已先我们而去。如果我再不写出来，这个角落就可能为岁月所深埋。"

那天在书店里无意间看到张子静的这本《我的姐姐张爱玲》，便翻开阅读，序言上写着：

"1995年中秋次日，从太平洋彼岸传来我姐姐离开人世的消息。那几天，我的脑中一片空白，时常呆坐半天，什么也想不出来。再读那篇《弟弟》，我的眼泪终于忍不住汩汩而下，'很美'的我，已经年老；'没志气'的我，庸碌大半生，仍是一个凡夫。"

"这么多年以来，我和姐姐一样，也是一个人孤单地过着。但我心里并不觉得孤独，因为知道姐姐还在地球的另一端，和我同存于世。尤其读到她的文章，我就更觉得亲。姐姐待我，亦如常人，总是疏于问候。我了解她的个性和晚年生活的难处，对她只有想念，没有抱怨。不管世事如何幻变，我和她是同血缘，亲手足，这种根底是永世不能改变的。……"

张家人的孤单是血脉里的传承，打着荒凉的底子，像熟门熟路的小兽，过些时候准回来。1983年张子静与中断联络31年的姐姐重新联系上，却又由于她几经搬家失去联络，而后误听姐姐去世的消息时，他写道：

"……我姐姐长期幽居，亲友很难获知她的近况，万一她身患急病需要救治，无人能适时伸出援手。我一人独居，情况不也相近？从那年开始，我日间都把小屋的木门开着，邻居进进出出，路过都会探头看一下。

"另外我也想到，我们姐弟都已到了日薄西山的年纪。相差仅一岁，她先我而去或我先她而逝，恐怕上帝也不能回答这个问题啊。但是来日无多，这个答案是肯定的。"

我合上书页，悲从中来。比起姐姐张爱玲下笔时的花样百出，弟弟张子静的文字蘸满了岁月的无奈和落寞。他说看到姐姐在《弟弟》文章的结尾处道："他已经忘了那回事了。这一类的事，他是惯了的。我没有再哭，只感到一阵寒冷的悲哀。"那时，他也没有悲哀。

弟弟是遗老遗少之家的小儿子，在萎靡的生活姿态中，没被西式的母亲拯救出去，只有和继母发生争执、遭到父亲毒打的爱玲从家里逃了出来，弟弟抱着篮球鞋也寻过去，黄逸梵看着两个孩子，说她手上的钱只够供养一个，三个人哭作一团。或许那时起，张子静已看到他后来的命运，他这辈子怕是逃不出去了，只能和冷漠的父亲和寡淡的继母生活在一起，他的个性、未来就这么被抽走了。

爱玲去世后的一年，弟弟张子静去世，至此，晚清至民国的华丽缘落幕了。人们提到晚清重臣李鸿章，会顺带想到他的曾外孙女，中国四大谴责小说《孽海花传奇》说的是他们家的故事，念书时的爱玲何其高兴能从奶妈何干口中得知更多的细枝末节。

上海江苏路285弄28号，曾住过两个名人，一个是吴征，主持人杨澜的丈夫；另一个，就是张子静。书上附着张他晚年的照片，黑白色，即便已到残烛之年，依稀也能看出当年该是个"很美"的男孩子，浓眉大眼，却羸弱细瘦。

晚年拿着报纸出来力证自己还健在的爱玲，依旧是瘦，可能她从来没胖过，不像她的好友炎樱总以丰腴圆润的形象示人。一个是骨感瘦削的后现代，一个是到了70多岁还被当作美少女宠爱的女人，一个是抽烟、喝酒、娇俏的热情女子，一个是沉静、避世、清冷的白玫瑰。

比起民国一般念不起书的人家，张家的家底毕竟是瘦死的骆驼比马大。1934年，她父亲张志沂与民国政府前总理孙宝琦之女孙用番在国际饭店举行婚礼。彼时，张父手上还拥有19处不动产，金圆券事件时听了蒋经国的话，交出硬通货和贵金属，结果一路败下来，住进285弄28号，家底差不多清光了。

圣玛丽亚女校里，爱玲身穿旧衣，在学姐们诧异而挑剔的目光下走过，这在她心里记上了一笔，促使她日后有"恋衣癖"，或称之为"奇装异服"的行径。少女时的敏感和洁癖，在她的身上一直持续到去世，即便过了青春期，为人处世上仍旧带着青春期的敏感脆弱和拒绝。

她的童年"因祸得福"后，终有后来"气象万千"的那天，弟弟留在了原地，姐弟俩此后的人生经历各自不同，却又都在相似的孤寂里送走了自己。

二／写作是她生存的工具

"……张爱玲女士的作品给予读者的第一个印象，便有这情形。'这太突兀了，太像奇迹了，'除了这类不着边际的话以外，读者从没切实表示过意见。也许真是过于意外怔住了。也许人总是胆怯的动物，在明确的舆论未成立以前，明哲的办法是含糊一下再说。但舆论还得大众去培植；而文艺的长成，急需社会的批评，而非谨虑的或冷淡的缄默。是非好恶，不妨直说。说错了看错了，自有人指正。——无所谓尊严问题。……"

1944 年 5 月的《万象》刊登了一篇署名"迅雨"的《论张爱玲的小说》的文章，作者正是翻译了《约翰·克里斯多夫》的翻译家傅雷，那年他 35 岁。在今天，重读这篇文章中提到的张式小说，依然能感觉到犀利的文辞，锋利如刀刃，严谨之处一丝不苟。

傅雷在文章中指出的诸多欠缺，不是一般的指出不足之处，而是直指文字背后的人的创作心态。不同时期重读傅雷的文学评论有完全不同的感受，对于彼时正意气风发的张爱玲，这样的评论更像冒犯，让人愕然。她后来专门写了一篇文章反驳，绕来绕去地替自己的文章做个说明，几十年后，她写了篇比傅雷直白得多的文章来批评自己。

时间很致命，比起当初，有一天会反感曾经的幼稚。

沉浸于张式文字的魅力中，需要出来一阵子，或者干脆分道扬镳，要是还有一天遇见，或许发觉当初只是一场迷惑，或许是真的错过太多。正如张式文字给人的感觉，华丽、荒凉，仿佛熟悉了一辈子，离开时无声无息。

"他们唱歌唱走了板，跟不上生命的胡琴。"（《倾城之恋》）

她和姑姑住在单身女子公寓里，张茂渊是职业女性，受过高等教育，收入不菲，妙语如珠又伶俐。旧照片上，爱玲的长相并不怎么像她父亲，亦不像她出了名的美丽母亲，反倒和姑姑站在一起时，让人一看就觉得是一家人。外形同样细瘦、高挑，戴着眼镜，齐耳短发，布旗袍，完全是女学生的模样。

一个从9岁就开始对编辑发起突袭的小女孩，她的第一笔稿费是5块钱，她用这笔钱买了一支口红，试图用来为自己的童年增加一点色彩，成年后仍念念不忘，她的眼睛里从来就没有缺过色彩。正如她文章中写道：我不喜欢壮烈。我是喜欢悲壮，更喜欢苍凉。壮烈只有力，没有美，似乎缺少人性。悲剧则如大红大绿的配角，是一种强烈的对照。但它的刺激性还是大于启发性。苍凉之所以有更深长的回味，就因为它像葱绿配桃红，是一种参差的对照。

旧式的折子戏里，才子佳人、英雄美人，色调浓重、强烈，既然是爱情，浓墨重彩地登场，是悲是喜，只此一回。

出名要趁早。在她成名之前，她的人生、一言一行，也似暗合了某种命中注定会发生的事，她大约并不意外她的成名，但不在乎后世对她的评价。

以胡兰成的文学修为，以及精明老辣，对于张爱玲，他很有自信能拿下情窦初开的她。以他的阅人无数，张爱玲如果是葛丽泰·嘉宝式的女子，他犯不着浪费时间，而他也确实是个很难有"空窗期"的人，即便爱玲侥幸逃脱，他照样有不少备胎和新欢。从张的文字可以看出，一个如此欢喜注重生活各种细枝末节之人，精神世界固然丰富，现实生活必然是单调的。

快乐的人都是健忘的，过得好的人不会沉湎过去。

极少文字看到炎樱对胡的评价，炎樱和爱玲是亲近的闺蜜，以炎的热情活泼，大约早在第一眼看到胡就已猜到他的为人，张茂渊对他的评价也极少。张爱玲身边两个最亲近的人都默契地没有异议，也许反对也没什么用，谁能阻止陷入爱情的女子呢?

父母的缺席，多少让人诧异，了解她的姑姑，更清楚她的个性。

人有两件事无法隐瞒，幸福和贫穷。

20 岁出头的年纪，任她聪明、细致，生有一双看透世故的眼，面对她等待中的爱情，她也会一头扎进去，全然不顾。

因为战事中断学业，返回上海，她带着文稿登门拜访前辈文人，独立先从经济上开始。1941 年 12 月 8 日太平洋战争爆发，12 月 25 日日本占领香港，1942 年她动身离开。1943 年 4 月发表《第一炉香》，使沦陷区的上海如平地惊雷，一片诧异，这也是傅雷在文章中提到的"太突兀，太奇迹了"。若没有沦陷区的低气压时期，还会有她的奇迹吗？历史没有如果，它就是这么发生了，成全了张爱玲的文字。

在《自己的文章》中，她兜来兜去地为自己辩解，底气显然不足。傅雷的话切中要害，抛开她文章中的弊端，是让她对自身状态进行重塑。

傅雷写道：

"……还有那漂亮的对话，似乎把作者首先迷住了；过度的注意局部，妨害了全体的完成。只要作者不去生活在人物身上，不跟着人物走，就免不了肤浅之病。

小说家最大的秘密，在能跟着创造的人物同时演化。生活经验是无穷的，作家的生活经验怎样才算丰富是没有标准的。人寿有限，活动的环境有限；单凭外界的材料来求生活的丰富，决不够成为艺术家。唯有在众生身上去体验人生，才会使作者和人物同时进步，而且渐渐超过自己。"

沾着人就沾着脏，一向推崇葛丽泰·嘉宝的张爱玲，依着她遗世独立的信条，怎可能与人千丝万缕地牵扯，闹中取静是她的写作姿态。

柯灵的《遥寄张爱玲》重提了傅雷的评论文章，看过《小团圆》这段后，深感很是不对昧：

"荀桦在文化局做了官了，人也白胖起来，两个女人都离掉了，另娶了一个。燕山跟他相当熟，约了几个朋友在家里请他吃饭，也有九莉，大概是想着她跟荀桦本来认识的，也许可以帮忙替她找个出路，但是他如果有这层用意也没告诉她。

在饭桌上荀桦不大开口，根本不跟她说话，饭后立刻站起来走开了，到客室里倚在钢琴上萧然意远。"

这些小动作，晚年的柯灵莫非选择性失忆？向来细节决定一切的爱玲，并没忘记在《小团圆》里提上一笔。看尽人世炎凉，她怎可能妥协地装作从未发生过。

民国的文人们，本身有才华，也是时代造就人，彼此之间的恩怨瓜葛说也说不完。

张爱玲文字里的不听话，是纯粹的忠于文字本身的意志，即不是文人相聚的互损、互捧，也不是拿来献宝时的犬儒主义。

在《小团圆》初稿完成后，她将底稿给宋淇夫妇过目，当时就说免不得往她身上泼污水。书中的人物当时大都健在，以她的独善其身，又无后人势力撑腰，势单力薄，难说一旦发表出来会被曲解到什么地步。

忠于文艺与自身要付出大代价，世人不会听话地只看到前人完美无缺的那一面。她的缺憾，成就了她身后之名，她的文字与真实穿过时光被感知到了。

三 / 低落尘埃

胡兰成在《民国女子》里提到她的居住环境："她的房间竟华贵到使我不安，那陈设与家具简单，亦不见得很值钱，但竟是无价的，一种现代的新鲜明亮几乎是带刺激性。阳台外是全上海在天际云影日色里，底下电车当当的来去。"

胡笔下描述的爱玲，被她嗤之以鼻，看似情真意切，实则全然没心没肺，如晚明的冒辟疆回忆董小宛，冷血之人矫情起来，什么好话都来表扬自己。胡曾是《中华日报》的主笔，在《南华日报》发表政论文章，运笔老而弥坚，是汪伪政权里的一个大笔杆子，颇有名士风范，在当时也算得上一个人物。

胡兰成的侄女胡青芸在采访里说："张爱玲第一次到美丽园，是到三层楼胡兰成房间谈的话——朝南的一间，其他给别人做办公室。"

"张爱玲长得很高，不漂亮，看上去比我叔叔（胡兰成）还高了点。服装跟别人家两样的——奇装异服。她是自己做的鞋子，半只鞋子黄，半只鞋子黑的，这种鞋子人家全没有穿的；衣裳做的古老衣裳，穿旗袍，短旗袍，跟别人家两样的，总归突出的；这个时候大家做的短头发，她偏做长头发，跟人家突出的；后来两家熟了，叔叔带我去常德路，带我去认门儿，这样认得了。跟我很客气，我比她大，喊她'张小姐'，她喊我名字，叫我'青芸'。"

善于写文者，他人看到的未必是作者想说的，运笔自如者，某些心思也藏得越深。

爱玲在《小团圆》中对胡的描述极少，胡看过后不满意，怎么可以少了他的篇幅？"这怎么可以？"那是胡对爱玲身高的意外，也是对她转变的惊讶。

《半生缘》中的世钧，并不让人联想到是胡，不过世钧倒是常常回南京，这点有些隐约透露出胡与爱玲恋爱时期他时常往返南京的情形，也不过是顺带提了提罢了。拍成电影后，黎明饰演的沈世钧更温润，胡的儒雅、情场老手在此了无踪迹。

胡待到很晚才走出公寓。次日再来，张爱玲端了茶来，坐在他的沙发椅旁边地毯上。

他有点诧异地说："你其实很温柔，像日本女人。大概本来是烟视媚行的，都给升华升掉了。"

这么近的距离端详和审视，张也就给他机会，23岁，正青春大好无限。

胡经常来公寓里坐，一待时间就晚了，有次还与开电梯的门警动了手，两个门警都是山东大汉，不知从什么杂牌军队里退伍下来，胡的外形并不高大，力气很大，把人打得脸上青了一块。

胡解释说他练太极拳，也常给他们钱，尤其是开电梯的那个，那晚的起因是那人嫌晚，嘴里骂着脏话。胡一生气，打了他。

这件事后，张对他的感觉不同了。怎么个不同，张没说，大概觉得他很有火气，与外表的儒雅不同。和姑姑的初恋情人，母亲黄逸梵那个一笑起来被自己声音吞没的外国男友，她抽大烟的父亲，以及没志气的弟弟相比，她见识到一个男性的力量。

"我爱上了那邵先生，他要想法子离婚，"她竟告诉比比，她们一只手吊在头上公共汽车的皮圈上的时候轻快地说，不给她机会发作。

比比也继续微笑，不过是她那种露出三分恐惧的笑容。后来才气愤地说："第一个突破你的防御的人！你一点女性本能的手腕也没有！"又笑道："我要是个男人就好了，给你省多少事。"

胡、张恋爱之初，炎樱看在眼里，她大约早就看出这段关系不会好，以张对心外之人处处提防，对走心之人的缴械投降，连基本的精明、防御本能都放弃了。胡这类人，在男女关系上尽情拈花惹草，并无底线可纠结，女人对他掏心掏肺他当作理所当然，这个勾搭不上，还有更多的下一个，也不在乎伸手问女人要钱给小情人打胎，是个"不拘小节"的男子气概的人。

爱玲知道他已婚的身份，依然与他幽会，她并不顾忌这些，连炎樱听来都很诧异。她的"世故"害人不浅，从小的耳濡目染，使她觉得男女之间的关系没什么大道理，守着现世安稳，与这个男人在乱世里做对平凡的夫妻，抵消过去的种种不幸，趁着年轻成名、恋爱结婚。

与胡结婚之前，胡在报纸上登了离婚启事，在今天看也是惊闻一桩。一个是没结过婚的女子，一个是大她15岁又连离两次婚的男人，婚姻的不和从一开始就埋下了导火索。

结婚那天，胡问她有没有笔砚，去买张婚书来。她独自出门去四马路（现在的福州路，书香一条街，当时是香艳之地），因为和炎樱逛街时，看中过橱窗里的大红龙凤婚书，拣装裱与金色图案最古色古香的买了一张，最大张。

胡一看："怎么只有一张？"

人情世故没派上用场，仿佛初涉文坛时期她写爱情小说，而当时她根本没有恋爱经历。

旧式的生意人厚道，即便心里诧异也不当面让人尴尬，她根本没想到婚书是需要"各执一份"的证书。

两人签字，婚书由她收着，压在箱底，从不拿给人看。当天晚上，胡就对她说起小周的事，说他走时，小周哭得很凶，一直躺在床上哭。爱玲则猜测是躺在谁的床？要么是小周病了，只能躺在床上见客，要么住宿地实在小，没有沙发就在床上会客？还有种可能，只有是在胡的床上。

照常理推测是第三种可能，他动身要走，自然是在他的房间他的床。胡只差没直言他和小周的关系了。

张不是十七八岁女孩的对手，小周是庶出，哪里肯接受胡的提议做妾，碰到张爱玲这样不会撒泼还给钱的正室，她大约是没想到过的。这机会绝没有放过的道理，把男人留在身边，对一些女人来说是人生大事，对另一些女人而言爱过便罢了。

这场"保卫战"以张不抵抗完败。

苏青和胡的一段，张一直都知道，《小团圆》里有段苏和胡互相质问对方有没有性病。小说发行前，很多读者已知道这件事，诧异皆然。

那么苏和张的关系真的像看起来的那么好吗？苏是将胡介绍给爱玲的人，面对潘柳黛嘲笑张爱玲因相貌平常而执迷奇装异服地招摇过市引人注目，因为张是李鸿章外重孙女，这关系就好像太平洋里淹死一只老母鸡，上海人吃黄浦江的自来水，自说自话是喝鸡汤的距离一样，八竿子打不着一点亲戚关系，如果以之证明身世，根本没有什么道理。

对长相平庸的潘，苏曾当众玩笑她："你眉既不黛，腰又不柳，为何叫柳黛呢？"出身旗人世家的潘，却得不到似胡这样的才子仰慕者。参加苏青的沙龙聚会时，当时到场的才女中，交谈都用英语，这让潘深感窘困和羞愧。

张爱玲即便没有遇见胡兰成，也会遇见张兰成、赵兰成，她到了恋爱季节，她在最灿烂的年华收获恰逢其时。

傅雷借用朋友的话，对爱玲评价：奇迹在中国不算稀奇，可是都没有好收场。但愿这两句话永远扯不到张爱玲女士身上！

四 / 为爱凋零的女子

"虽非豪宅巨邸，但其屋宇建构极为雅致。"胡兰成侄子的同学秦家红晚年回忆，"第一次进入胡宅，正巧遇见他们打球方歇……那位男士约莫四十来岁，气宇轩昂；女士年龄略轻，面容娟秀，显露出一股青春钟灵的活力。"——胡宅栖过孤零燕，张爱玲来南京时，不论去胡兰成居住的石婆婆巷 20 号，三条巷李鸿章祠堂或者黄翼升的祠堂，还是去鸡鸣寺求签，去游览莫愁湖、明孝陵、中山陵，或者去南京城西龙蟠里的国学图书馆、城南的古旧书店……她都是单身一人坐着黄包车，经过高大的梧桐树影，穿梭在民国首都的流光碎影里。

张子静有一次来找姐姐，这是他唯一一次在她这里碰见男性，而且还是男明星，很是好奇，但也识相地走了。

她告诉过桑弧他像她弟弟小时候。桑弧对他自是十分注意。他走后，桑弧很刺激地笑道："这个人真是生有异相。"

她怔了怔，都没想起来分辩说"他小时候不是这样"。她第一次用外人的目光看她弟弟，发现他变了。不知道从什么时候起，本来是十几岁的人发育不均衡的形状，像是随时可以漂亮起来，但是这时期终于过去了，还是颈项太细，显得头太大，太沉重，鼻子太高，孤峰独起。如果鼻子是鸟喙，整个就是一只高大的小鸡。还是像外国人，不过稍带点怪人的意味。

照片上的桑弧五官端正，仪表堂堂，没见过张子静真人，这么比喻也罢了，现在一照面，反而感觉很是别扭。爱玲和他之间原本不是轻描淡写几笔能勾画完的，男女间越是讳莫如深，反倒显得用情真切。

桑弧说起结婚的事，爱玲问他："预备什么时候结婚？"

"已经结了婚了。"他笑了起来。

他这样的男明星，结婚要保密？还是爱玲早不关注花边新闻了？他答得仿佛在替她敲警钟，免得她去大闹礼堂。

从一张戏装照片上，她看出了新婚夫妇间的暧昧肉色，心里像火烧一样。她从来没有想象过胡跟别的女人在一起。

她对桑弧说："没有人会像我这样喜欢你。"顿了顿又说："我不过是因为你的脸。"他的脸，偏偏又与她的弟弟长得像。

她停经两个月，以为有孕，偏偏这个时候，没办法只得告诉桑弧。

对方低笑："那也没有什么，就宣布……"

本该是最关键的话，爱玲则没有写出来，或者根本没有说下去。

走到这步，感情再不是当初风花雪月般安稳静好，桑弧虽没有父母，一手带大他的兄长可看不上张爱玲。去妇科检查，医生是桑认识的，早晚能知道，她是愈发感觉自己残花败柳了。炎樱曾说她："苍白退缩，需要引人注意。"

胡有次来找她，桑弧的电话恰好打过来，这时又不好意思特意去关上门不让胡听见，顿时感到她的两个世界要相撞了。胡虽没问是谁打来的，大约也看出了端倪。这让他感到威胁，向来对身边的人占有欲很强，即便是同性。和张离婚后，还不时写信给她，他的新书出版了，也寄给她。这样的男人，哪里还有做人的心肺。

桑的婚事，她给自己台阶下，对方也正好顺水推舟，不至于闹得不可开交。后来他娶了小女伶，瘦小、漂亮，尚完整。

张即便发觉胡和小周、范秀美的事，也从没跟胡吵过架，甚至范有了身孕要打掉，胡没钱，写张条子让范去上海找张帮忙。范秀美是胡兰成年轻时的同学斯颂德的父亲的姨太太。

时代的差异和欲遮还休，使有人顶着丑闻不可开交，有人始终与传奇如影随形，沾着光鲜。

这个世界上，能被世人所知者，没有是简单的，即便再偶发的事件，或许开始是，但渐渐就变了味。爱玲和桑弧的瓜葛，从桑弧的言辞中看不出他的不后悔。爱玲在与胡掰了后，收到他写的信，像是收到了死人的信。胡又写给炎樱，在信中写道：她是以她的全部生命来爱我的，但是她现在叫我永远不要再写信给她了。

前半句看着有些眼熟，很多男人坚信被自己甩了的女人爱到发疯，一辈子也不会醒来，胡矫情地要让旁人都知道，不甘心她走得这么彻底，连闹都没闹过，简直没面子！

爱玲不见得没了爱上谁的心力，她既然能和桑牵丝攀藤地暧昧，完全不喜欢，只为了消遣，这点在爱玲身上还不至于。她很可能给过桑弧暗示，但要一个清白身家的男人娶一个汉奸的弃妇，任何男人在当时这种境况下，恐怕都是不敢的，即便她再有才华，又不算太年轻，还不到美艳不可方物的地步。桑的家人也反对，张是写小说的，没有固定工作。

男人只注重内心不看重外表的话听过就算了，敢于说这么有底气话的男人，几乎拥有绝对实力、条件想娶就能娶个财貌双全的女人结婚。

胡在她漫长一生中只匆匆亮了个相，当初爱玲跟着他，未必不是赌个运气，女人都爱犯这个错，她知道胡是个什么样的人。在那花样年华里，一个学识、相貌都这般匹配之人主动来接近她，还能耐心地看她花样百出，甚至于自觉在她面前窘迫，仍然时常去找，姑姑张茂渊在旁静静地说："胡先生天天来。"

恋爱时期，他们避着人，因为胡是有妇之夫。桑的出现，张茂渊发话了："我就是不服气，为什么总是鬼鬼祟祟的。"亲戚们向来爱打听谈没谈朋友的事，这回也瞒着，怕她的骂名连累了他。炎樱在她的公寓里见过桑几次，张从来没说，炎樱也没问过，某日忽道："接连跟人发生关系的女人，很快就憔悴了。"

非常赞同炎樱的做派，问对问题比知道答案重要，张只是漠不关心地笑笑。

男女之事上，张一向的风格是给出悬念气氛，急迫而细碎地一路旁敲侧击。她不会特地否认，让人多琢磨一会。

李安将张爱玲的《色·戒》搬上银幕，引来一阵轰动。以为是张爱玲的本子，怎么可以如此大胆？李安是懂张爱玲的，作者想让读者知道的，作者藏在文字深处不说出来，而导演直接拍了出来，张爱玲遇上李安是让人欣慰的。

　　三毛写剧本《滚滚红尘》，据说暗示的是胡张恋，身在美国的张爱玲拒绝观看，晚年离群索居的她厌恶透了总是被人提醒。

五
往事如烟，情已逝

　　朋友之中，生得她一样的性格，不太让人愿意亲近；若只在文字中与她结识，则会欢喜地咀嚼她的文字。

　　她去世时，好友炎樱没被提到，弟弟在上海，她将遗产留给了好友宋淇夫妇，这对晚年经常在她文字间出现的伉俪，他们作为她遗产的执行人，为她打点身后事。

　　念书时，我无意间在地摊上购得一本《张爱玲全集》，当时不懂盗版，书店里她的文集也不全，因为这次意外，发觉《十八春》（又名《半生缘》）居然是两个不同的结局，文字也有差别。确定都是她的著作，只不过盗版是早期版本，内地发行的版本是她后期的修改版，文字更为简练而荒凉，几乎是吝啬的，年轻时下笔的那种慢悠悠，变得十分收敛。

　　《小团圆》里有一段，九莉取出二两金子递给瑞秋："那时候二婶为我花了那么些钱，我一直心里过意不去，这是我还二婶的。"她母亲坚决不要，最后流下泪来："就是我不过是个待你好过的人，你也不必对我这样。'虎毒不食儿'嗳！"

　　母女之间没有家常的琐碎龃龉，凡事分得清清楚楚，她参加联考，她母亲替她请了每小时 5 美金的补课老师，最后以远东第一名的成绩考取英国留学，战事的缘故最后去了香港念书。爱玲拿到奖学金，第一个念头是要还母亲钱，她知道给她母亲添堵了，很客气地惦记着要还。

与赖雅结婚后，意外有了身孕，是个男婴，除非真是饥寒交迫自顾不暇，不然到这个岁月，许多女人舍不得打掉自己的孩子，还是唯一的孩子。她想到的是孩子将来长大了，一定会对她坏，会替她母亲报仇，索性不要了。丈夫死后，她又打回原形，无论多少年，她还是孑然一身，带不走，也留不住。

爱玲的绝情，不单单是对身外之人，对自己亦是。她寄居在少女时代的梦里，心里住着一个小姑娘，和一个老太婆。很小的时候，她就开始咂摸美人迟暮，只是当时还小，觉得又美又寂寞，还有些让人嫉妒。

遗世独立之人，在公寓楼里品尝人间烟火。她在爱丁顿公寓中写作，下雨天时透过阳台张望过路的行人，电车来了又去，路人忽隐忽闪，灰蒙蒙的天，擦不干净玻璃窗，那个人却正好来寻她聊话。

"We have the damnedest thing for each other。"（我们这么好也真是怪事）他有点纳罕也有点不好意思地笑着说。

她也不相见恨晚。他老了，但是早几年未见得会喜欢她，更不会长久。

这是她和赖雅的真实写照，爱玲多少也明白了幸福是万难之事，她推崇备至的葛丽泰·嘉宝在好莱坞留下一个神秘的传奇后，36 岁时离开了电影，一生未婚未育，过着独立自由的生活。她喜爱人间烟火，与嘉宝对婚恋的态度不同，嘉宝对与男人一同生活无所适从，张爱玲结过两次婚，晚年在洛杉矶经常搬家，曾爱过的人、往日的记忆，如同她随身不必需的日用品，扔了。

受西方文化影响的她，摒弃白话文中连篇累牍的段落与枝叶，西式小说讲究技巧与结构，故事的脉络立竿见影，削去旁枝得其利落，技巧上的进步和文字的华丽使她在沉寂的文坛中声名鹊起。

在她之前，很少有作家能将日常琐碎家长里短的故事写得这般生动活泼，鸳鸯蝴蝶派的小说男女爱情是主线，多是些家缠万贯的纨绔子弟与清贫女子之恋。黄逸梵喜读张恨水的小说，张爱玲在文章里表露过对于言情小说有难以言说的喜好，她自己则写不出。

喜欢言情小说的人，一半是世俗，一半是忧伤。

她花了400美金请人打胎，事后她在书中的描写很是恐怖：

"晚饭他到对过烤鸡店买了一只，她正肚子疼得翻江搅海，还让她吃，自己吃得津津有味。她不免有点反感，但是难道要他握着她的手？

夜间她在浴室灯下看见抽水马桶里的男胎，在她惊恐的眼睛里足有十英寸长，笔直的欹立在白磁壁上与水中，肌肉上抹上一层淡淡的血水，成为新刨的木头的淡橙色。凹处凝聚的鲜血勾画出它的轮廓来，线条分明，一双环眼大得不合比例，双睛突出，抿着翅膀，似从前站在门头上的木雕的鸟。

恐怖到极点的一刹那间，她扳动机钮。以为冲不下去，竟在波涛汹涌中消失了。"

看他人的决绝，只要不曾在自己身上发生过，犹如看一幕悲剧的电影，感慨万千，灯光亮起，走出影院也就好了。

在她而言，赖雅是风中残烛之年，两人能陪伴彼此多久？他躺在病床，她负责照料，留下孩子，凭两人的钱无法养活儿子。即便儿子长大后不是她预料的会替她母亲报仇，养育一个孩子也并非吃饱穿暖这么简单的事。

责任是个很大的概念，更因此有了牵绊，无论她绕上哪条路，她又会孑然一身，无牵无挂，一旦身为母亲，理性上告诉她不必如此，感性上不见得能做到。

何况，她是那么一个不愿与这个世界再有瓜葛的女子，怎会肯呢？

沦陷区解放了，日本人跑了，她因和胡的关系身处困境，发表文章处处受阻，一时被冠以"海上文妖"之名。她在电车上被人调戏，她向来反对女人打人嘴巴子，一来会引人注目，二来是熟人，只能当作不经意地移开。下车时感叹道：汉奸妻，人可戏。

这情形换成炎樱，即便没有一巴掌招呼上去，嘴上一定不饶人，多半还要四处对人说。《小团圆》问世后曝光了这段，一石激起千层浪，名家们都有权势的后人撑腰，爱玲除了一群张迷们，清贫得彻底。

爱玲入境美国后，在旧金山稍作停留，搭上火车直奔纽约。彼时，炎樱在美国炒房地产，以她的热辣性格和随遇而安在哪都能适应，生计从来不是问题，何况还是在美国。刚到美国的她寄居在炎樱处，非长久之计，以她受过的西式教育，凡事要独立、自主，于是炎樱替她打听"救世军"职业女子宿舍，说穿了就是美式的难民营，且手续繁复，那里住的不是酒鬼就是话痨病的胖女人。

胡适来难民营看望爱玲，边看边说："蛮好，蛮好的，很好呀，你住在这里。"电视剧《她从海上来》里刘若英扮演张爱玲，环境被美化了很多，"救世军"的大客厅，黑洞洞的，居住在这儿的人在这里会客，像个大礼堂。东张西望的胡适嘴里不停地说："蛮好，真的蛮好。"

这话听上去有些刺耳，也是涵养好，不能当面说穿。定居美国时期的胡适日子也过得十分清苦，他说的也许并非全是敷衍之辞。但，帮不上忙是肯定的。

这些深受英式、美式教育的学者、名人，是不是连带地沿袭了西方的人情淡漠？黄逸梵给儿女准备吃的食物，注重食物的营养，至于好不好吃则不挂心。

胡适提出告辞，爱玲起身送他到大门外，这是她与胡适最后一次见面，最后的离别。

中国人有这样一句话："三个臭皮匠，凑成一个诸葛亮。"西方有一句相似的谚语："两个头总比一个好。"炎樱说："两个头总比一个好——在枕上。"她这句话是写在作文里面的，看卷子的教授是教堂的神父。她这种大胆，任何再大胆著名的作家恐怕也望尘莫及。

20世纪40年代，张爱玲声名鹊起时，字里行间不时能找到好友炎樱的身影。两人在一个大学念书，年纪相仿、性格截然相反的两人十分融洽，可以看出那时的张爱玲对她的朋友有种内在的信任和社交上的依赖。最终，没有销毁的《小团圆》让世人看到了传奇背后的荒凉，她连九莉的生日都设定和她同一天，她希望世人能够看到，在她走后与她不再有瓜葛的世界。

她去炎樱家，一个美国水手在他们家里，三人围在一起时，水手把烟递给爱玲，她说她不抽。水手说："不知道怎么，我觉得你抽烟她（炎樱）不抽。"情况正好相反。

爱玲知道对方是说炎樱比她天真纯洁。炎樱一派"隔壁的女孩子"风，对比较老实的，她有时候说句色情大胆的话，爱玲听了很诧异。炎樱是故布疑阵，引人好奇心，狂蜂浪蝶们追求很久才知道上了当。

"她拿着钢笔墨水瓶笔记簿下楼。在这橡胶大王子女进的学校里，只有她没有自来水笔，总是一瓶墨水带来带去，非常触目。"

"她母亲到她学校里来总是和三姑一块来，三姑虽然不美，也时髦出风头。比比不觉得九莉的母亲漂亮，不过九莉也从来没听见她说任何人漂亮。'像你母亲这典型的在香港很多，'她说。"

《小团圆》中的比比是炎樱，她比爱玲要务实得多。炎樱身上没有懵懂羞涩之态，在一辈子都躲着人的爱玲看来，好友自在多了。炎樱凡事随性处之，并不惊诧爱玲喜欢出人意料。对于一个依赖熟人关系的时代，张爱玲简直是个不通人情的薄凉女子，做朋友不会贴心，做亲人则成她笔下的反面人物，做妻子更是万万不可，不热心奉献就是她的千错万错。

她在香港念大学，她母亲来看她，亨利嬷嬷问她母亲住哪，回答说浅水湾饭店。"两人都声色不动，九莉在旁边却奇窘，知道那是香港最贵的旅馆，她倒会装穷，占修道院的便宜，白住一夏天。"

她的窘迫或许还有另外层意思，家里连自来水笔也不提供，她母亲派头则很阔气，外人看来不外乎两种，家里要么离婚了的，要么母女不睦的，两头都是家丑。

《同学少年都不贱》里有段：

"她又从冰箱里取出一盅蛋奶冻子，用碟子端了来道：'我不知道你小女儿是不是什么都吃，这我想总能吃。也是那家买的。'

恩娟很尽责地替女儿吃了。她显然用不着节食减肥。

她看了看表道：'我坐地道火车走。'

'我送你到车站。'

'住在两个地方就是这样，见面难。'

'也没什么，我可以乘飞机来两个钟头就走，你带我看看你们房子，一定非常好。'

恩娟淡淡地笑道：'你想是吗？'"

这句话似乎是英文翻译过来的，用在这里不大得当，简直令人费解。反正不是说："你想我们的房子一定好？"而较接近："你想你会特地乘飞机来这么一会？"来了就不会走了。

这是第二次不相信她的话。她已经不再惊异了。当然是司徒华"下了话"——当时她就想到华府中国人的圈子小，司徒华一定会到处去讲她多么落魄。人穷了就随便说句话都要找确保。这还是她从小的知己朋友。

爱玲和炎樱之间嫌隙早晚会出现，只是当时年轻又是同学，差异也可以看成是互补。在她初涉文坛后，这种差异又可以被忽视缩小。一个受人注目者，鲜少提及和父母的生活，已经很突兀，如果连好朋友都没有，更让人以为是从石头缝里蹦出来的。成名之后的她，需要朋友，尤其是像炎樱这样深蕴人情世故又海派又体面的闺蜜。

《同学少年都不贱》结尾处：

"但是后来有一次，她在时代周刊上看见恩娟在总统的游艇赤杉号上的照片，刚上船微呵着腰跟镜头外的什么人招呼，依旧是小脸大酒窝，不过面颊瘦长了些，东方色彩的发型，一边一个大辫子盘成放大的丫鬟——当然辫子是假发——那云泥之感还是当头一棒，够她受的。"

这大约是她的真实写照，她当然不会在某篇散文中特地挑出来说，她把她想说的、言外之意掺和进小说里。她写小说，写着写着就把她的人生都写上了。

1963 年 11 月 22 日星期五下午，午后 1 点无线电里播报总统遇刺，两三点钟时，站在水槽前的张爱玲，听见自己的声音在说："肯尼迪死了。我还活着，即使不过在洗碗。"没有成为大人物的人，就不必承担这样大的风险了，小人物琐碎、辛苦地活着，洗碗是如此充满人间烟火。

百转千回后，《小团圆》的结局里还是给了之雍（胡兰成），微笑着把她往木屋里拉，两人的手臂拉成直线，梦醒后，发觉那是 20 年前的影片场景，那人，是 10 年前了，她醒来后快乐了很久很久。

第五章

唐怡莹

一 / 明媚登场的晚清公主，险些成了溥仪妃

晚清诸位大有名气的女子，要么沾着点没落贵族的余荫，要么兜售些宫廷秘闻撰写成册，那个年代，光耀门楣没女人什么事，有西太后在，谁还能抢了她的风头？乱世红颜，是好看的折子戏，但那不是好受的日子。

唐石霞，姓他他拉氏，名为他他拉·怡莹，又名唐怡莹。1904年生，贵族出身，镶红旗扎库木世族，曾祖裕泰公曾任湖广、陕甘总督达二十余年；祖父长叙曾任户部右侍郎；伯父志锐，出身翰林，为清末名臣，殉身伊犁将军任上；光绪帝的瑾妃和珍妃是她的亲姑姑；父亲志锜在戊戌政变时逃往上海，并未获仕进。母亲姓爱新觉罗，出自皇族。

1900年，八国联军闯进北京城，慈禧太后下令将已被幽禁的珍妃推入井中淹死。因此，1904年出生的唐怡莹与亲姑姑珍妃从未谋面。她的另一个姑姑瑾妃非常喜欢她，她也很会讨姑姑的喜欢。按照清朝皇族的惯例，称呼姑姑为"姑爸爸"，而唐怡莹却称瑾妃为"亲爸爸"。

瑾妃留着这个亲侄女在身边，在宫中长大的唐怡莹得以获悉

各类宫廷秘闻。她年幼时和溥仪也可算作青梅竹马，有双神经质眼睛的溥仪对这个能说会道又懂得察言观色的怡莹妹妹也有好感。

性情平庸甚至有些愚钝的瑾妃对渐渐成年的亲侄女愈来愈有种怀疑，唐怡莹生性活泼、泼辣，能诗善画，以她的出身加上从小养成的眼界，对于权势、名利有天生的欲望。爱新觉罗家的末代王孙们有这份雄心，却没这个胆识和谋略，关键时刻反倒不如她一个女子有骨气。

唐怡莹能有机会在皇族成员身边打转，对未来自也有她的想法。瑾妃即便愚钝，这件事上总归能一眼看穿。唐之后失去了被溥仪挑选为配偶的机会，多少与这位亲爸爸有直接关系。

1918年，14岁的唐怡莹和11岁的溥杰（溥仪胞弟，1907年生）由瑾妃指定婚配。直到1924年1月12日两人才完婚，这时，新郎17岁，新娘20岁。唐怡莹的年龄在当时普遍早婚的时代，已算是晚婚。她后来的情人张学良，原配于凤至嫁到张家时18岁，赵一荻私奔时年方16岁。

溥杰在回忆录中提到这段婚姻时，颇有微词："我那时不但在母亲的吩咐下，莫名其妙地向着'指婚'的发令人叩头谢恩，还得像傀儡一样，选吉日，带聘礼，身穿前清的冠袍带履，到岳父岳母家去纳聘。"

"女大三，抱金砖"的民俗，讨个好彩头，现实婚姻生活则并未如意。

与"御弟"溥杰的婚配，门当户对，面子上很好听，也好看，如看日落余晖。她要是生活在远离宫廷的小家碧玉，没见过世面，摊上这么个丈夫，也是满意的，但对见惯权力所带来的荣耀与富贵，周旋于昔日皇亲国戚、上流社会圈的唐怡莹，她只是个寄人篱下、低声下气的落魄福晋。

她有好的出身，才貌双全要被用对地方的欲望，清朝气势到头了，她纵然看不惯，也只能忍着，等着找到下一个"跳板"。从她后来一系列举措看，她是个有心经营自己的女子。比起一些乱世中飘摇的女子，唐怡莹很懂得为自己把握机会，适时出击，这或许也是后来亲爸爸瑾妃阻挠她入选溥仪配偶的原因之一。

皇兄溥仪进宫后，御弟溥杰成了醇王府的继承人。溥仪一直没有子嗣，溥杰还是皇位继承人。溥杰所处的这个关键位置，使他的婚姻逃不过政治联姻，17岁时娶的是满族亲贵唐怡莹，30岁时娶了日本贵族嵯峨浩。

兄弟俩的母亲是苏完瓜尔佳·幼兰，满洲正白旗人，大学士、军机大臣荣禄的女儿，慈禧太后的养女，载沣的嫡福晋。她与端康皇贵太妃（光绪的瑾妃）是政治上的好盟友，且维持了相当长的一段时间。

溥仪刚进宫时，隆裕太后是宫里的女主。隆裕死后，瑾妃的一举一动，有意无意模仿起西太后、隆裕太后。在她所住的"永和宫"势力范围，弥漫着一种和另外三位太妃迥然不同的专制气氛。瑾妃与同治皇帝留下的三位太妃（敬懿、荣惠、庄和），四个女人争权夺利。

太医院的御医范一梅被瑾妃开除这件事，成为溥仪与瑾妃发生激烈争吵的导火索，最终导致兄弟俩的母亲瓜尔佳氏吞鸦片自杀。

溥仪很看不惯端康的所作所为，隆裕太后在世时，端康还只是个瑾妃，只能站着吃饭，不过是个妾。溥仪粗暴地扬言不承认端康是她的母亲，端康气得派人叫来他母亲和祖母刘佳氏，一顿训斥。

在多年的盟友关系中，瓜尔佳氏利用自己的影响力为端康在后宫争取更高的地位，为巩固这层关系甚至主动提出在儿子婚姻上结亲，端康当然也愿意有更进一步的关系。

唐怡莹还没嫁进醇王府，婆婆瓜尔佳氏就自尽了，她的死却并未影响这桩婚事。按醇王府的规矩，继承人溥杰由老福晋（溥杰的祖母，刘佳氏）抚养。经过儿媳这件事，老福晋希望孙子溥杰尽早完婚，于是他17岁时正式迎娶了唐怡莹。

喜事很隆重，溥仪携了一后一妃来祝贺，看到这个差点成为他后妃的女子，现在是他的弟媳了。

唐性格中的霸道和野心受到端康不少的言传身教，溥仪不能生育这件事一直众说纷纭，端康是有可能知道内幕的，让侄女嫁给他，不如嫁给溥杰还更靠谱一点。

唐怡莹比溥杰大3岁，比溥仪大2岁，受过一点新式教育。结婚之初，小夫妻俩也曾相亲相爱，但她毕竟是个精明又不安分的女子，长此以往她过不惯。上不用侍奉婆婆，她年纪又轻，醇王府根本不够她"施展拳脚"，仗着有端康撑腰，没人敢对她怎样，即便婆婆在世，也于事无补。

溥杰在传记里说，唐怡莹刚嫁来时以为可以掌管醇王府的内务，进门后才发现不是这么回事。于是她对溥杰一家人的态度就急转直下，对长辈礼数不周，与丈夫关系日渐恶劣，最后干脆分居。

1924 年，奉系军阀张作霖与直系军阀冯玉祥拉开了一场"中原逐鹿之战"。同年 11 月 5 日，冯玉祥将清朝末代皇帝爱新觉罗·溥仪驱逐出皇宫紫禁城。爱新觉罗们被赶出宫后，整个末代皇族被迫进入一个新的阶段。

　　结婚不到一年的唐怡莹这下算是彻底知道"贵族"的身份实在是靠不住，那时她则将目光瞄准了"新贵"——有权势和兵力的军阀公子们，军二代。

二 / 少帅口中"聪明透了，也混蛋透了"的女人

沾上政治的爱情不纯粹，纯粹的爱情逼死人。

见惯宫廷博弈之事的唐怡莹，一眼便看穿了少帅对女人的态度。

年少时的爱情，一些人爱过就好，就像好吃的甜点，又美丽又甜腻，常吃会腻会蛀牙；一些人错过找不回来，他们随着时间改变；还有些人，陪你走了很多的路，才觉得是他或她。

当少帅张学良驰骋在"女儿国"时，他自以为他是猎人，女人都想将自己粘在他身上，他承认自己好点色，但越是这样的男人，越不敢轻易爱上哪个女人，一旦逼得紧了，便是他脚底抹油之时。

那么，谁是猎人，谁是小白兔？

溥仪的《召见簿》中，第一次出现张学良的名字是在1926年4月1日，当时溥仪21岁，溥杰20岁，张学良26岁。

对待清朝皇室的问题上，大帅张作霖出于对利益的考虑，积极与溥仪保持联系。少帅张学良对于"宣统皇帝"这块招牌并不

感冒，不仅如此，他甚至劝溥仪脱了黄袍子，辞退围绕他身侧的遗老们，"真正做个平民"。

二次直奉战争时，吴佩孚溃败、曹锟被困，直系统治被推翻，段祺瑞成立临时执政府，北洋政府大权落入段祺瑞、张作霖之手，张学良与溥仪的初次相见约在此前后。二次直奉战结束后，正是奉军的巅峰时期。当时只要张作霖跺一跺脚，半壁江山都跟着颤一颤。子凭父贵，少帅是京城里炙手可热的大红人，男人想巴结他，女人想粘上他。

关于与溥杰夫妇在北京饭店认识的经过，张学良晚年时说了如下的话：

"我跟溥杰很要好，我跟他太太有关系。是他的前妻，她后来跟溥杰离婚了。她是满人，她父亲当过清朝驻西藏大臣。她几乎成了溥仪的人，可是瑾妃说这个人不能当妃子，因为她的性情很淫荡，最后就没有选上。她姓唐，有一次，我与朋友们在北京饭店吃饭，在座的我的一个亲戚对我说，那边有两人在吃饭，想认识一下我，我就过去了。见了面，是溥杰和他太太。然后，他们就说第二天请我到他家里去吃饭。这没有什么好客气的，我就答应了。第二天到他们家里去时，一下子把我惊呆了。这位溥二奶奶拿出这么厚的一本粘好了的新闻剪报，都是近几年来报纸上有关我的消息的剪贴，这就证明她早就对我有心嘛。就这么着，我就跟她偷了，以后差一点娶了她。"

"不过，后来我发现这个人完全是玩假的，我最恨人作假。她有点才气，能写能画，作诗能文，什么都会，我很喜欢她。可是，后来我发现，她画的画是人家改过的，作的诗也是人家替她改的。后来，我们就没有联系了，听说她在香港定居。"

1926年前后，时局正以风云突变之势摧枯拉朽，与少帅有着千丝万缕的女子们，差不多这时都已纷纷亮相，宋美龄、谷瑞玉、赵一荻、蒋士云、盛九等，以及溥杰之妻唐怡莹。

被赶出紫禁城后，无权无势的溥仪避住在日租界内宫岛街的前清驻武昌第八镇统制张彪的私家别墅"张园"。前朝的皇帝，纵然大势已去，仍不忘摆足场面地在张园自设"清室驻津办事处"，继续以"宣统皇帝"的身份称孤道寡，不断联络军阀、政要，做着和慕容复一样的复辟美梦。

有张作霖这层关系，溥仪对张学良自然不敢小看。少帅对这位"皇帝"并不像老帅这么重视，思想开阔的少帅比他父亲明白当今天下之势，天时、地利、人和这三样，溥仪一件未占。

"你要听我话，我跟你说的是好话。"这句话从少帅口中说出，怎不让人咂舌，即便是老帅也未必会这么直言不讳地跟清逊帝溥仪说话。

张学良晚年接受日本NHK电视台采访时说："我跟他很熟。"仅见一两次面是谈不上"很熟"的，尤其"熟"到还很有些不满的意思。

张学良有什么说什么的性格，一向无所顾忌，他的开明和溥仪的腐朽，完全不对味。他认为，溥仪应该顺应历史潮流，摆脱那些迂腐的老臣，清君侧，放弃"复号还宫"的痴人说梦，真正做个平民，看清了自身处境才知道下一步该怎么走。

比起大帅对皇族怀有的几分敬畏之心，少帅完全不买账，他单刀直入地对溥仪进行了一番说教：

"你肯不肯到南开大学去读书？好好读书，把你过去的东西都丢掉，真正做个平民。如果南开你不愿意去，我劝你到外国去读书。"

"你原来有皇帝的身份，现在你虽然是平民，但比平民还是高。你要是真正好好做一个平民，说不定将来选中国大总统会有你的份儿。你如果以后还是皇帝老爷这一套，将来有一天也许会把你的脑瓜子要掉。"

他的推心置腹，把溥仪眼下的尴尬困境说得一清二白，逆耳之言向来不是一心只想重返皇帝宝座的"末代独裁"能听进去的，溥仪未必真的不清楚眼下的情况，只是他退位后多年住在紫禁城里，生活在一个几乎都是前清遗老们的"盗梦空间"里，遵从封建纲常的"金科玉律"，做着复辟清朝、重登龙位的春秋大梦。这根深蒂固的执念，岂是一个刚刚认识的军阀二代能扭转得了的？

清朝假如气数未尽，少帅的话无疑是犯上，溥仪并没有因为这些话而生气，甚至是，没落贵族连愤怒的底气也没了。

张学良有他自己的理解："为什么他对我不生气？因为他那时候没有钱。他在东北有皇家产业，我们给他处置了，卖了一百万块钱，政府留下一半，另一半我给他了。所以我就劝他，你要听我话，我跟你说的是好话。"

与溥仪话不投机，少帅与溥杰夫妇可谓一见如故。溥杰曾是皇兄的伴读，深得亲哥哥的信任。张勋复辟失败，"北京政变"中溥仪被赶出故宫老巢，没有军权，别说复辟清朝，连命都很可能保不住。以溥仪的"九五之尊"多有不便和各级军政人员往来。这时，作为御弟的溥杰挑起重任，加上一个极有野心的妻子唐怡莹在旁撺掇，溥杰频繁地出入各种社交场所，为皇兄拉关系，寻求军事靠山，以图东山再起。

溥杰对少帅的注意、拉拢是否受到唐怡莹的影响，难以知晓，但以当时如日中天的奉军气势，以及少帅的势不可挡，想引起一个四处寻求靠山的没落贵族的注意来说，简直不在话下。

当时京津社交界的知名人物叫陈贯一，无论皇亲国戚或是达官贵人，少有他搭不上话的，他是圈子里八面玲珑的多面手。溥杰于是托了陈贯一替他引见，那年在天津的一家饭店里，在陈的安排下，溥杰夫妇如愿结识了风流倜傥的少帅张学良。

若说溥杰和少帅一见如故，其中很大一部分原因是作为末代御弟的溥杰，非但从出生起享受不到"御弟""王爷"的尊贵，反倒要顶着这个累赘的抬头四处替皇兄和清朝复辟奔波，手头不宽裕却还要备上重礼打点门路。不仅如此，还会遭到冷遇，新贵们对这些落难皇室成员并不感兴趣。

少帅经过溥仪的冥顽不灵，与溥杰夫妇却关系融洽，之后在公开场合常能看到夫妇俩收到少帅的邀请，这番亮相，也为当时的社交界制造了不少新话题。一对是清朝旧贵，一个是民国新贵，加上唐怡莹的精明和眼界，能说会道，京城的饭店、舞场时不时留下他们的踪迹。

以往她只能在报纸上看到少帅的各种消息，百闻不如一见，比起传言中的威风八面，少帅所到之处必然前呼后拥，这位年轻的东北王长子，说话风趣、大胆，外表俊气吸引人。比起爱新觉罗家两兄弟孱弱的样子，出身草莽的军阀带给她十足的新鲜感。

溥杰对少帅心怀仰慕，要想得天下，光凭祖上的那点余晖是没用的，没有强大的装备和实力作为后盾，一切都是空谈。一面是亲哥哥，一面是他由衷佩服的少帅，溥杰对皇兄坚守的阵线产生了动摇，这时他甚至向张学良提出从军的要求，爱新觉罗家的人从马背上夺下江山，他为什么就不能带兵打天下呢？

见丈夫与少帅走得很近，唐怡莹和少帅也有了进一步交往。她捧出的那本厚厚的剪贴本上，都是关于少帅的报道。从他眼神中闪现的惊讶，她立刻知道这个男人也吃这一套，她的精明是从小在宫中察言观色养成的，对她想巴结讨好的人，她一定有办法投其所好。

自从溥仪被赶出紫禁城起，唐怡莹就开始想办法接近握有实权的人。

民国四少，历来说法不一，少帅张学良毋庸置疑，他的锋芒显山露水，民国四少的名字无论多少版本，少帅无可替代。卢永祥之子卢筱嘉，是唐怡莹另一个绯闻男友。

少帅骂她的话中，夹着不甘心和恼怒，喜欢她的精明懂事，怒她竟然留了这么一手。如果张少帅是段正淳式的人物，他或许不好受一阵子，以他纵横情场的辉煌战绩，还从未被谁摆了这么一道，没面子比玩假的严重得多。

唐怡莹非但这么做了，还顺势搭上卢筱嘉。她是个很想得开的女人，既然能收集这么多少帅的消息，对他那些风月之事自然是了如指掌。这个男人还能娶她？当年少帅在上海时，连已是国父小姨子的宋美龄对他也是青睐有加，他家里正室的地位无人能撼动，而国父的小姨子也不会嫁给军阀的儿子做姨太太，宋美龄这么聪明的女人，后来去了日本，再后来嫁给了蒋中正。

那年的春色料峭，20出头的唐怡莹邂逅了春风得意的张少帅。

紫禁城空了，数百年风雨沧桑的皇宫经不住战乱的枪炮，旧贵们的梦尚未醒过来，天朝大梦即将进入拂晓。

乱世里，女人只能表现得比男人更现实，改朝换代让一个妙龄少妇看到了新的盼头，比起老宅子的腐蚀气，动荡中她瞧准了机会。

少帅要不是因为她"混蛋透了"，他一定娶她，听起来很有些马后炮的意味。追宋美龄，碍于已有家室，只好作罢；最爱在纽约、陪了他快一辈子的赵四搁哪呢？原配夫人是遵从父亲之命，他可以理直气壮地说不喜欢；赵四的家世不错，不能前脚赵父和女儿脱离关系，后脚少帅也将个如花似玉的女子关在门外。来来去去的女人们，在张学良错综复杂的身边稍纵即逝。

要不是他发现唐怡莹是"玩假的"的，晚年的少帅，大概也不至于记得如此深刻。

风流的男人纵横情场，晚年时拿出来跟人炫耀战绩，碰上个并不当他一回事的女人，碰了个软钉子，没趣，老了也记恨她。

唐怡莹和溥杰的夫妻名分是个空架子，旧福晋的身份早在时代的枪炮下灰飞烟灭，现世潦倒，陪着这兄弟俩实在犯不着。

她要想驯服这头东北虎，必然得使出撒手锏。至少，她还有个没落贵族的身份，家世显赫，在少帅的裙钗丛位占"翘楚"。

三　谁能破译此中感情密码

　　世人对宫廷秘闻都充满好奇，少帅自然也不例外，相比年轻、貌美的女子们，唐的身上多了份世故和投其所好。其一，爱新觉罗氏需要仰仗他；其二，溥杰对妻子和少帅之间的种种暧昧即使察觉，又能如何，今时不同往日，权力中心的遗老遗少们也务实起来。

　　这样一个人精，当初怎么就没嫁给溥仪做妃子呢？男人喜欢打听女人的过去，端着架子吃醋。至于原因，唐怡莹心里清楚，若是政治因素，当然不能泄露。"淫荡"的说法是少帅的一面之词，张的话是否可信，为何事过半个多世纪拿来说，很有些死无对证的架势。对张的生平，最有发言权的应该是赵，但赵选择了沉默。

　　看过一则新闻报道，杨虎城的孙子杨瀚曾两次在美国见到张，当身旁的人员向张介绍后，晚年的张学良有些惊讶，只说了"你好、你好"便不再说话。局势的反复和心态时过境迁是相辅相成的，少帅的回忆录很有参考价值，但对重要事件，他采取了回避态度。

真相戴着面纱，打一个照面就走，仔细推敲之后，能发觉不少耐人寻味之处。

若唐怡莹真是瑾妃说的"淫荡"，那溥杰是溥仪的胞弟，他们的母亲瓜尔佳氏可是瑾妃的盟友，大儿子不能娶她，怎么醇亲王府就可以，瓜尔佳氏愿意与一个这样的儿媳朝夕相对？成为端康皇贵太妃的瑾妃，因对权势的欲望，亲手调教出了唐怡莹，难道侄女像她？彼时的端康已经老了，面对侄女的野心，她感到了威胁，加上溥仪本来就对端康看不惯，到时这夫妻俩联手对付她，她真是要让其他三个太妃看笑话了，处境必然势单力薄无疑。

有道是：兄弟同心，其利断金。溥仪的美梦是要御弟帮衬着一起做的，弟弟果真娶了个"淫荡"女子，乌烟瘴气，这千秋大梦愈发遥不可及。他能为了御医反抗端康，亲弟弟的婚事上自然不能保持缄默。

唐怡莹的父亲志锜被少帅误以为是清朝驻藏大臣，少帅到晚年依然坚信不疑。志锜在世时的历任驻藏大臣为：文硕、升泰、奎焕、文海、裕钢、有泰、张荫棠、联豫（清朝最后一任驻藏大臣）。事实上，志锜的职位是：工部笔帖式。笔帖式，掌翻译满、汉章奏文字等事。相当于人事部秘书、翻译的八品文官。他是珍妃卖官案的主犯。案发后，被革职。他积极向维新派靠拢，是维新党安插在宫廷的内线，在当时算得上新锐人物。

有这样一位姑姑，和如此新锐的父亲，唐怡莹的"淫荡"或许可解释为先锋人物，她不受那些约束，一有机会她就奋力向上攀升。

"驻藏"之说，唐开了个文字游戏的玩笑。她知道，这是少帅乐意听的，张虽对爱新觉罗家的男人不买账，和皇族女子闹闹绯闻总是不错。唐怡莹一眼觑破，将她被革职的笔帖式父亲"发配"到遥远的西藏去，虚构官宦背景。

女人变坏，是男人默许的，迷人、琢磨不透的女人是男人心口上的朱砂痣，她将自己打造成最切合的那个。

1928年初，溥杰受邀参观南口奉军工事并检阅部队，在张学良大谈军事之时，他适时对张提出了投奔奉军的愿望。溥杰回忆说："张少帅听到我的请求后，有些犯难地对我说，要说这事本身倒很好办，但以你皇弟的身份到我的部队从军，恐不合适。咱们现在是朋友关系，如果那样的话，就成为上司与下属了，这就不好处理，还有，你哥哥仍旧很讲君臣名分，他能答应这事吗？张少帅说出了一大堆难题。我不听他这些，继续坚持自己的要求：这是我们之间的事情，就看你答应不答应吧！此后，我又屡次三番地表示要到他的军中去'从戎'，并说他要是不答应的话，就不够朋友，弄得张少帅无可奈何，最后他只好说，那好。这段时间你就先上我们在奉天举办的讲武堂去吧！"

能与少帅关系紧密一直是夫妇俩共同的心愿，然而事与愿违。还没等来少帅带溥杰赴奉的消息，冯玉祥又来了。4年前皇兄溥仪被这"赤化将军"从老宅紫禁城扫地出门，眼下又是奉军作战失利决定退守关外的消息，溥杰忧心冯玉祥将对他们来一次"辣手摧花"大清洗。

战场失利的张少帅，已是焦头烂额，离开北京前不忘紧急关头专程通知溥杰："冯玉祥来了对你们是很危险的，不如全家暂赴天津外国租界躲避。"

最动听的莫过于少帅还主动提出，让溥杰夫妇到天津暂住在他的公馆里，一有机会再安排溥杰去奉天讲武堂。

这份"义气"，到底唐怡莹有多大作用发挥？颇耐人寻味，但比起传闻中少帅为了她差点暗杀溥杰，可信度高得多。少帅固然风流不羁，但不至于为女人犯下西门庆式的错。

溥杰得此安排很感动，带上妻子便搭上了张学良的专列赶赴天津，入住位于法租界的张公馆里。张学良几年前买的这幢罗马式小洋楼，给自己的随军夫人谷瑞玉居住。

这一屋子的人，细究之下关系让人咋舌。尤其是唐、谷同处一屋，她们是否心照不宣，溥杰又是作何想法，乱世避难之人，倒不纠结。

同年，6月4日，皇姑屯事件中，老帅张作霖被炸身亡。

谷瑞玉要回奉天奔丧。唐怡莹看出丈夫也想跟着去，实现他的从军愿望，但醇亲王府里的公公载沣和皇帝溥仪肯定反对。面对丈夫左右两难的境地，她积极鼓励他去实现抱负。去了奉天，唐才能有更多机会和少帅在一起，在天津的这些时日，她怎会不知少帅最近正和赵家的四小姐打得火热？

夫妻异趣多年的溥杰，难得得到妻子的大力支持，最终下定决心给父亲载沣和哥哥溥仪各留下一封信，说明去向后便跟着谷瑞玉一起登上了前往大连的日本货船。

醇亲王府和溥仪得知后又急又气，不让溥杰跟随张学良从军，身份上的考虑是原因之一，最主要的是满城风言风语都是这位福晋和少帅之间的桃色绯闻，溥杰这一去定是喝了唐怡莹的迷魂汤，恐怕凶多吉少。

溥仪马上找到日本驻天津副领事白井康，让他想办法帮忙找回溥杰。船在大连刚靠岸，溥杰就被皇兄派来的日本警察带走。这样，溥杰便被软禁了起来，没多久，溥仪又派出康有为的得意门生徐勤之子徐良赶来大连，把溥杰"押"回天津。

　　唐怡莹虽不知皇姑屯事件中老帅生死如何，但见谷瑞玉这么急匆匆地赶回奉天，她身为随军夫人，仍然是妾侍，在这节骨眼上出现在大帅府，其意义非比寻常。但以唐在宫中历练的经验来看，谷瑞玉这样做非但冒险，更可能将自己推入万劫不复的下场。

　　6月21日，张学良为张作霖发丧。唐怡莹虽不知谷瑞玉的此番"逼宫"有何进展，但从少帅推迟发丧期看，谷瑞玉的奔丧之举实属轻率。此时的少帅正在稳定东北局势，面对日本的虎视眈眈，少帅准备接受南京国民政府的领导，南北统一。奉天是满族的发祥地，溥仪认为一旦南北统一，他的复辟梦就更渺茫了。

　　回到天津的御弟，被皇兄一顿劈头盖脸的怒斥，溥杰搬出太祖建立大清王朝，靠的就是军事实力，要想恢复清廷的江山社稷，没有军备做后盾，如何能成事？溥仪明白弟弟的意思，对他道："你的志向不错，不过怎能给张学良做事呢？不如直接到日本士官学校去学军事！"于是，1929年3月，溥杰东渡日本留学。

　　1931年时，赵四不但完成私奔壮举，还生下一子，并以女秘书的身份常伴少帅左右。九一八事变后，传出少帅和影后胡蝶在北京六国饭店跳舞的绯闻，甚至一度传闻少帅将电影公司人员用钱打发，以便无人打扰他和胡蝶的舞会之夜。

　　这时的唐怡莹已搭上了浙江军阀卢永祥之子卢筱嘉，将醇亲王府的财物用卡车大批运走。

比起军阀老子卢永祥，卢筱嘉生平有两件事夺人眼球。卢筱嘉和少帅一样是军二代，公子哥的脾性差不多，尤以大闹上海共舞台为最。

露兰春，当时上海滩的名伶，玉女清纯，她是黄金荣一手捧起来的。为了这个养女，黄金荣特地建了"共舞台"捧她，这是上海第一家男女同台演戏的戏院。露兰春是黄金荣老牛吃嫩草独占的，上海滩上无人敢动她。每天流氓打手分踞四座，只要干爹鼓掌，底下就拼命叫好。

1922 年的某天，干女儿登台不久唱错了戏词，老戏迷都听得出来，没人敢吭声，干爹黄金荣正在台下"压阵"呢。忽然有一个青年在包厢里大声喝了一个倒彩！这下可好，露兰春自打登台，还从未这么穿帮过，羞愤之下当场掩面大哭，一时间戏院哗然，台下的干爹火冒三丈，立刻让人把这青年从包厢拖出去一顿痛打。

卢筱嘉横行上海滩也不是一两天的事，吃了这顿打，岂能甘休？他带了一伙人绑架黄金荣，结果在杜月笙与张啸林的周旋下，黄金荣在平安而不失面子的情况下得到解救，这件事当时声震上海滩。

唐怡莹要找的就是这类"有为青年"。这年，公公载沣随溥仪去了东北；丈夫溥杰留日生涯尚未结束；情人张少帅一边是"不抵抗"使东北沦陷，另一边是与胡蝶跳舞的绯闻，正在风口浪尖上。无人看顾的醇亲王府少奶奶就差没直接放火烧宅了，载沣接到急报，苦于鞭长莫及，只能抬出日本人，说王府早已抵给日本商人，唐怡莹这才作罢。

少帅说她"混蛋透了"是不是指这件事，不得而知。但由此能看出，唐怡莹是个极能替自己打算的人，眼看日本人步步紧逼，醇亲王府绝不是个避风港，丈夫去日本留学，以后还不知是个什么变数。

充满变数的年代里，家世抵不上真金白银管用。少帅是不能托付的，赵家如此名门正派，私奔过去一个大好闺女，只能没名没分地做"女秘书"，要想上位，不知要苦熬到猴年马月。谁知道以后还有个什么经历？

女人的聪明才智，有的用在婚嫁上，有的用在自己身上，图谋个好出路。

精明如唐怡莹，她自然懂得这个道理。

民国四少，与之闹过绯闻的有两个，足以让她赚足传奇色彩，让有心人羡慕去，让无心之人冷嘲热讽去。

四 / 一生才智凝书画

爱新觉罗·溥杰，本该是清朝的醇亲王，身世端的是显赫非常，亲哥哥是宣统皇帝，伯伯是光绪皇帝，姨婆是大名鼎鼎的慈禧太后。

他要和溥仪共赴复辟梦，一辈子围着皇兄打点，少时他是溥仪的伴读，接着是清逊帝最忠诚的保皇党，后来又一起被关进抚顺战犯管理所，再后回到北京过起了晚年，溥杰比溥仪长寿。

唐怡莹的性格比较主动，醇亲王府应该是她自己的家，为了她自己过更好的生活，她完全不管王府其他人，找来卢筱嘉就去王府搬大量稀世珍宝，用卡车运到上海去供自己挥霍。有这么个媳妇，面对父亲载沣的愤懑，善于服从的溥杰深受内伤。在国家大事上，她坚决不跟从爱新觉罗家奔向"满洲国"，甚至上书坚决反对，这点可以看出，她懂得审时度势。

少帅是花花公子，她若是当真，太幼稚、天真，其下场不见得比谷瑞玉好多少，她不是赵四那样的女人可以忍气吞声地在大帅府过，自小除了姑姑瑾妃，连她丈夫也拿她没办法。卢筱嘉也是，还是个没有作为的军二代，不等到败光家产恐怕早就分道扬镳了。

让少帅记恨她是玩假的，这是她的完美转身，恨恨不能相忘。

唐怡莹后来和溥杰离婚，是因为日本军方对溥杰施加压力。溥仪不能生育，日军瞄准了有朝一日可能继承衣钵的溥杰。出乎意料的是，溥杰搬出早与他划清界限的妻子唐怡莹，他大约是被她"欺负"怕了，第一次听从母亲安排娶了唐，这下日本人又要他娶个日本女人，又不知是怎么个"劫"了。

原本这夫妻俩就在闹离婚，唐怡莹要溥杰赔偿"青春损失费"，要价太高，这件事就一直搁浅。这次日本宪兵直接找上唐怡莹在北京的家人，彼时她正在上海寻欢作乐，两个弟弟被一阵子吓，只得代替姐姐签字画押承认离婚，还找来当地警察作证人。这场离婚官司就这么收场了，分手费自然是一分没捞到。

与少帅的关系也因溥仪投靠日本而急转直下，张学良派人往溥仪所居的张园送了一筐水果，溥仪的随侍祁继忠按例检视，发现其中竟藏了两枚炸弹。

西安事变后，少帅与外界的关系切断。

1937 年 4 月，溥杰与日本贵族女子嵯峨浩结婚，这次婚姻权当是一种偿还，溥杰没有想到的是这段政治联姻，却让他找到了一个相亲相爱的女子。大概前妻唐怡莹让他身受重创，他对温柔体贴的嵯峨浩很满意。溥仪曾打算给御弟张罗个满族女子，迫于日本人压力未果，他因为担心自己的帝位，对嵯峨浩态度比较恶劣。

青春渐渐用尽，年华易逝。她靠变卖醇亲王府的家当过了段逍遥日子，但总归不能长久。

找个人嫁了，也算托付终身。在与溥杰婚姻中挣扎多年，又在社交场上看尽各种潮起潮落，感情来去匆匆。前夫溥杰已经幸福地开始了新生活。情人少帅有两个女人陪他因禁，男人有点权势的，再怎么落魄身边也有女人肯追随。

性格独立又有才艺的唐怡莹，大抵是过不惯相夫教子的日子，也或者她就是没遇见一个可以让她心甘情愿做个温柔小女人的男人。

1947年时，她在中国画苑举办个展。1949年春，她去了香港。她以工笔画见长，画宫廷人物、场景、生活，得心应手，她的诗、书、画堪称三绝。乱世中，无论男女都想找个人托付，所谓托付说穿了，无非是大难时有个人一起手拉手地逃难。

在香港时，她偶遇香港大学前中文系主任林仰山教授，并受邀任教于香港大学东方语言学校。她曾在台、港两地举办书画个展及联展，其作品曾受邀参加《晚清王族旅台名贤诗书画展》。相比淑妃文绣离婚后，坐吃山空，潦倒残生，她将聪明才智凝聚在书画上，有眼界的女子，终能找到一条最适合自己的路。

关于她之后的生活资料几乎没有，画作偶尔能在市面上流传，她的故事嵌入在她的创作里，最狂乱颠沛的那几年，她随波逐流。

日本战败后，溥仪、溥杰成为俘虏，嵯峨浩回到日本，抚养她和溥杰的两个女儿。溥杰出狱后，他妻子从日本辗转到中国和他团聚，她写有自传《流浪的王妃》。后来改编成了日剧，剧照很漂亮，常盘贵子演嵯峨浩，竹野内丰演溥杰。

1987年嵯峨浩去世，据说有人将在香港的唐怡莹与溥杰再次连线上，大约是想介绍两人复婚，溥杰不同意。那时，他们都已是年过 80 岁的老人了。

　　无从得知 40 年岁月中，唐怡莹可曾找到相伴的人，晚年是否有人照顾，她的生平可说的太多，却缄默以终。

　　20 世纪 90 年代，张学良在 11 个情人中点了她的名，可见刻骨铭心，他说她在香港，言下之意他尽管是 90 高龄的人了，仍然关注着这个"混蛋透了"的女子。用情至深别期待回报，她用她的"坏"让这头东北虎惦记一生。

　　如果，晚年时的唐怡莹看到少帅在秘史中大爆她的隐私，她会做何感想？

　　女人的坏，助长了男人的心心念念。

　　少帅口中的最爱，却不如她这么生动、痛快。

　　谁是最爱不提也罢，最恨则很可能是真的。

　　爱容易变质，不纯粹，恨可以。

第六章

潘玉良

一／孤儿泪，坎坷的童年

几年前和朋友聊电影《画魂》，当时深为感叹出身自青楼的潘玉良，不仅得遇良人，还与画画结缘，从此走上一条脱胎换骨之路。

那个年代，要么是不太念书的，要么是将才艺做装饰的，学有所成甚而做出番成绩的，少得可怜，潘玉良的特立独行，阻力和争议可想而知。电影《画魂》中巩俐饰演的潘玉良在公共浴场临摹女子，被人发觉后遭了顿打，她忍着挨揍拼命保护画作不遭人毁损。

在法国，潘玉良被称为"三不女人"，不恋爱、不加入外国国籍，为保持创作的独立性，她甚至不与画廊签约。这意味着她没有固定收入，没有单独的画室，生活拮据，需救济金度日。她的倔强不屈，流淌在骨子里，到老至死，不能撼动。

没有一个男人或者女人在没有经受过苦难的洗礼，能变得更强壮或者更美丽。她出生在扬州的一个底层贫困家庭，1 岁丧父，2 岁时姐姐去世，母亲难以承受这样的打击，每日以泪洗面，在潘玉良 8 岁时，唯一的亲人母亲也郁郁而终，被舅舅收养 6 年后，14

岁豆蔻之年，被卖去芜湖县城的怡春院，当了雏妓。

人世凉薄，不过如此。

《画魂》借红姑娘的口，对尚是清倌人的玉良说："看准一个，死缠着他，直到他赎你出去。"青楼女子有两样看得最准：一是首饰，二是男人。

潘赞化这样的男人可遇而不可求，放眼整个民国时代，甚至是现在，他都是稀有的。潘赞化是张知行将军的表兄，与陈独秀是好友，后来陈还是他和玉良的证婚人。潘赞化在日本期间加入孙中山在东京组织的"兴中会"，曾就读早稻田大学兽医专业。

安徽都督柏文蔚派潘赞化担任芜湖海关监督时期，当地政府和工商各界为减免相关费用，为新任海关监督的潘赞化接风洗尘。玉良是酒宴中助兴的清倌人，电影中这一番会面，巩俐出人意料地唱了段男腔，使得原本持反感之态的尔冬升眼前一亮。潘玉良唱严蕊词《卜算子》不太可信，太过诗情画意的性格，多半会安心守着潘赞化这样的男人，独自漂泊异乡追求理想的可能性较小。连陆小曼这么大胆追求爱情、自由，又家境极好的女子也没做到。

男人的成功，背后有位默默支持的伟大女人；女人的成功，背后至少有一段惨败经历。旧史资料以及潘家的后人、亲友回忆，无不显出潘赞化的温文儒雅，他见玉良有绘画天赋，出钱让她去法国留学，光凭这份赏识和支持，有几个男人能做到？

名女人闹离婚了，纠纷、指责最后都指向女人不会持家、相夫教子，再有天分，婚后还得丢掉。玉良得到了丈夫的大力支持，他们之间的故事或许并不缠绵悱恻，更非惊天动地，对民国的刻板印象非常颠覆。《画魂》有个情节是玉良和赞化坐车从宜春院门口经过，想是特意为玉良出了口气，人们辱骂她、诋毁她，她偏偏比她们都早脱离苦海。电影中并未直接称呼她为"妓女"，后嗣亲友也澄清了这一说法，但在电视剧中，玉良在法国居然会直接对人自称"妓女"，不敢想象。电视版的导演是关锦鹏，电影版的特邀监制是张艺谋，这点来说，电影在资料核实上是狠下了番功夫的。

潘赞化对她的肯定，对那时的玉良来说，比什么都珍贵。因为他的宽容，坚定了她的勇敢。

电影、电视中饰演潘玉良的是巩俐、李嘉欣，非常漂亮。稍微翻下资料就知道，真实的玉良并非如花美眷，表情甚至透着股不善言笑的刚毅，也许正是她的这种性格，才有了后来孤身在法国40多年的岁月，这份凄清和长情难以想象。

真实的潘赞化，儒雅、相貌堂堂，身材高大，蓄胡须，穿着的服装样式与众不同，比《画魂》中尔冬升的扮相还胜出一筹。同人不同命，与在民国历史上留名的女性们相比，潘玉良不仅"输在起跑线上"，还有足够让人诟病的地方。而遇见潘赞化后才有了后来的潘玉良，她是她们中最大的赢家。也偏偏是这位使她重生的男人，让人无限唏嘘他们之间的感情。

玉良嫁给潘赞化之前，他已有原配夫人，她是妾侍，嫁人后她随夫姓，此前一直姓张。电影、电视中都表现出夫妻俩深厚的感情，但潘家的后人指出，当年潘赞化出于恻隐之心，把玉良从妓院赎出，并没有想过要娶她当小老婆，"是她自己说如果出来了就嫁给他，并把姓由张改成潘。那个时候潘玉良只有15岁左右"。所以，潘赞化对潘玉良一开始并没有爱情，是在后来共同生活中慢慢有的感情，"不过感情没有电视剧中表现的那么深"。潘赞化教潘玉良学文化，并请来法国老师教她学画，"电视剧里说是刘海粟用公款送潘玉良出国，那个时候一个私立学校哪来的公款，实际上是她的法国老师介绍她去，潘赞化掏的钱"。

如果说潘赞化不爱她，让人很难辩驳，但即便这个不爱她的男人，仍然竭力帮助她，这样的不爱更甚过大爱，不曾占有，没有埋怨，分别后是不舍和想念。

对潘赞化原配夫人的描述，也表现出了更多正面的、宽容的角度。娶小妾在彼时，也正渐渐不被接受，很多名流不能与不爱的原配离婚，在外也有风流之事，娶小妾进门变少了。玉良的出身背景在有地位的书香门第家族眼中等于是辱没门楣，即便她进门遭到正室的刁难，根本不算个事。正室表现出宽容、随和，才是概率极小的可能。

但，玉良与正室相处安好。早先，正室夫人并未随丈夫住在上海，而是和婆婆住在桐城乡下。玉良提议把丈夫的儿子接到上海念书，正室听闻后才与儿子一同前往。玉良不算有什么心计，这结果不难猜测。玉良生病时，正室夫人还不远千里到北京去看望她。

后来潘玉良赴法生活，还让潘家子、孙帮忙办理回国的手续。可想而知，一生没有子嗣的玉良，潘家终是她的归宿，家里的人也都念着她，那时丈夫潘赞化已经去世了，最终因十年浩劫，她未能归来。

"红姑娘"的那番话很是及时，玉良看中的人很准，她的天赋、才艺理应有此造化。酒宴之后，她奔赴潘府，跪求潘赞化收留她脱离火坑。

一个正直而有怜悯心的男人最能触动女人心，他重情重义到不看低一个青楼女子。玉良经历过童年的悲苦，怡春院的皮肉生涯，在他心里占据着极重的分量。1977 年，她在法国去世时，身边携带着潘赞化送给她的项链与怀表，项链的鸡心盒中有一男一女两张照片，一面是丈夫，一面是她，怀表是蔡锷将军送给潘赞化的，他当作信物送给了前往法国留学的妻子玉良。这两样东西一直陪了潘玉良 40 多年，从未被丢弃过。

女人最终能否找到属于自己的幸福归宿，和她的出身、才华和容貌都不完全相关。

二 / 不是爱风尘，似被前缘误

童年的不幸，转移到艺术创作上，将是惊人的潜力。

不幸是不可或缺的成功要素，只有在这番大洗礼后才会坚定要走的路。幼年便已目睹人世凄苦的潘玉良，心里潜藏着诉求。无论电影中安排的"千岁红"姑娘是否确有其人，她最后的命运是被弃尸怡春院大门口，玉良称呼她姐姐，服侍她多年，感情很深，看到千岁红的下场，玉良也看到自己的命运。

潘赞化赎下她，坐着黄包车经过怡春院，昔日的姐妹都跟着她，一遍遍喊着她名字，喊声凄凉。

玉良记住她们的方式，只有通过她的画笔，那是她内心世界最坚强的后盾，色彩浓烈、神韵哀伤，浓墨重彩只因强烈的情深和苍凉。

潘赞化是一个开明的知识分子，一个革命者，同盟会会员，曾追随蔡锷将军的护国军讨袁。财政大权握在北洋军阀手中时，他不愿将关税解缴北京，他与陈独秀商议后，将税款悉数汇寄给上海同盟会，他的此举受到孙中山的当面称赞。潘赞化行事离经叛道，青年时身高体魁，长髯拂胸，举止潇洒，与僧尼、居士交往甚密，主张儒、释、道三元合一，加之行为怪异，遂被乡人称为"桐城怪杰"。

玉良脱身火坑，以她的身份无论去哪，最后还是会重新回到妓院。父母去世后，她无处安身，"娜拉出走后"仍然没有出路。潘赞化娶她，有道义上的责任，也有赏识。潘玉良并非软弱小女子，她个性强，颇有男子气概，说话、做事直来直去，善于唱京戏，但只唱老生。后来在上海美专任教时曾有人出言不逊，被她赏以耳光。

这股子刚毅劲是她的骨血。

潘赞化与她结婚前，他的亲戚、许多朋友以及同事认为玉良"伤风败俗"，均表示不会出席其婚礼。无计可施之下，潘想到了好友陈独秀，便向其发出邀请。接到潘赞化的邀请后，一生珍视友情、愤恨旧观念的陈独秀慨然赴约，并作为唯一的来宾和证婚人出席了这场婚礼。

陈独秀也非常赏识潘玉良在艺术上的潜能，力荐好友送玉良去上海美专学习，还对他俩说："女子无才便是德的时代应该死去了……如果尽心栽培她，说不定将来会在艺术方面有些出息呢！"

潘家居住上海时期，与洪家是邻居，洪家主人洪野当时是上海美术专科学校色彩学教授。灰砖砌的围墙，半旧的房屋，院子里一棵香樟，细碎的花瓣铺洒一地，余香芬芳。他们住进了上海重庆路渔洋里一幢石库门房子，渔洋里是上海的一条普通的街道，路窄房低，居住的多为中下层知识分子，《新青年》杂志就诞生在这里。潘赞化平日常在外奔波，就为潘玉良聘请了个教师，每天上午为玉良上三小时课，下午玉良就自己做练习。

画家思想大多前卫、创新，更有不少惊世骇俗者。

《画魂》中，楼上窗口边的洪野将一篮子水果用木叉子递给对面楼上的玉良，下着雨，水果淋了雨水，随意一摆弄，就是一幅静物写生。

她和正室夫人或许并不如影视作品中刻画的这般祥和，龃龉、口角在所难免，正室是旧式传统的裹脚妇人，容不下玉良是人之常情。潘赞化是破除封建传统的革命党人，他反对纳妾这样的陋习，但出于责任他不得不救玉良，这个家里他与原配、玉良一起生活。受五四运动的影响，潘赞化的选择给自己带来了诸多谴责和冷眼。

不同版本的潘玉良事迹里，潘赞化无疑是情深义重的男子，他对玉良的付出，财力与精神上，让人无法不钦佩。婚姻里总有一方强势、做决定，儒雅的他也受到外界的质疑，一个男人怎能如此放任他的女人？玉良在艺术上的追求，成为两人争执不断的原因，但这未必是真的。

认识潘赞化的人，在回忆文章中指出：他性格温文儒雅，连大声说话都没有过，怎会有与妻子不断争吵这样的事。从挑选饰演潘玉良的女演员看，每个都漂亮得过分，这是显而易见的暗示，男人看女人是否入眼，以貌取人是关键。真相着实扇人一记大耳光，玉良并不好看，甚至有点丑，普遍的观念是长相不好看的女人凭什么有这样的造化，难以服众。

她不仅没有民国名媛们的身世背景，外表也不及她们。潘赞化也是诗人，徐志摩之流的诗人是看不上玉良的，多大的天才怕是也要划归张幼仪的"土包子"行列了。

她并非后世夸赞的艺术天才，走上艺术道路离不开贵人的鼎力相助。1919年入上海美专学画，并非全凭成绩出众，是潘赞化托陈独秀在刘海粟处介绍、斡旋的结果，陆小曼也曾拜刘海粟为师。

刘海粟在1912年11月与乌始光、张聿光在上海创办现代中国第一所美术学校"上海图画美术院"（后改名为上海美术专科学校，简称上海美专），刘海粟任校长。男女同校，采用人体模特儿和旅行写生，被责骂为"艺术叛徒"，得到蔡元培等学者支持。

潘玉良进入美专后同学们并不知道她的出身，有次外出写生时她唱了段京戏，出众的老生唱功使在场者大为惊异，这让一些管闲事的人打听到了她的来历。学校里，她和男同学有交往，有人悄悄向潘赞化打小报告：潘玉良常和男同学出去写生。潘赞化听了后，反而明白地表示他支持妻子：男女社交公开嘛！

她与徐悲鸿成为同学，早在上海美专便已有之。刘海粟办"上海图画美术院"，徐悲鸿曾投门下。后徐悲鸿留法学成归来，受聘于南京中央大学艺术系。

潘玉良最终还是顺利进入上海美专学画了，后因人体模特事件，画室被砸。1921年，潘玉良考取里昂中法大学，成为该校第一批学生。

三 / 上天给予每个人的天赋，要自己去发现

潘玉良自己说："不止一次地从梦中笑醒。"

1921年留法勤工俭学兴起，她考取留法深造的资格，从此远渡重洋，同行的还有苏雪林、林宝权、罗振英、杨润余等13名女生，她们在"法华教育会"安排下，离开上海港口驶向遥远的欧洲。

一般都说玉良考取的是官费留学，潘家后人指出，刘海粟的美专是私立学校，根本没有钱提供留学，是潘玉良的法国老师介绍过去，丈夫潘赞化支付了留学费用。

西洋画在当时国内的生存环境很受限制，要找到合适的模特更是难上加难，电影里有场巩俐对着镜子自画裸体的戏，也有场在浴场偷画被人发现一顿打的戏。她的画作不乏表现女性曼妙、丰腴身姿的，且色彩浓烈，她通过画笔释放长久以来的压抑心理，旧式女性柔弱的身影不足以表达画家内心的狂热，褪去惺惺作态的"皇帝新装"，这是她最强烈的诉求。

当时能给玉良提供继续习画机会的只有法国，巴黎是艺术家的殿堂。20世纪20年代的法国，到底有多绚丽、迷离，电影《激

情维纳斯》和海明威的《流动的盛宴》可见一斑。电影的原作者是阿娜伊斯·宁，也是电影《情迷六月花》的作者，她曾是亨利·米勒的情人，《情迷六月花》写的是她和米勒夫妇之间的故事。

《激情维纳斯》的故事发生在二战时的法国，美国女作家伊丽娜来到了她梦想中的巴黎，在一次宴会中结识了男作家劳伦斯，她爱上了这个性感而又致命的男人。这个男人身旁有很多漂亮、激进的时髦朋友。她从原本那个楼阁小屋里出来，每晚写作到清晨的她跑去塞纳河岸等着一个孤独的男人划船穿过晨曦的迷雾，如冬日暖阳般。那个孤独的男人，是她在宴会中邂逅的劳伦斯，他热情、主动，迷倒了很多女人，他也爱她、追逐她，在巴黎的街道上，他扛着双桨，两人追逐嬉戏。感情中所有出现的背叛、挣扎、迷茫，伊丽娜都一一体会，也许劳伦斯的原型仍然是那个叫亨利·米勒的男人。二战的爆发，使局势变得非常严峻，很多艺术家纷纷离开了巴黎。

阿娜伊斯·宁比潘玉良大2岁，她们曾在二战时期的巴黎生活过，电影中伊丽娜离开之际，恰好是玉良第二次赴法之时，接着是太平洋战争爆发。

电影的画面非常唯美，运用了大量的暖色调，暗合了玉良画中强烈的情感欲望。最深最浓的色彩，给人极致的感官体验。第二次赴法的玉良，也是她和丈夫潘赞化的永别，如果从一开始她就知道再无相见之日，她是否还会远走他乡？

来自正室的压力是存在的，这仅是一部分原因，另一个原因是她一个人在巴黎生活了7年，接触了开明、自由的思想、艺术创作氛围，让她回到那个狭隘、容不得女人袒露真心的地方，她要怎么适应下来？虽然有她爱着的丈夫，她还有个家，但从张玉良成为画家潘玉良，她还回得去吗？

生活不易，她早已变得独立自主。

改变，并非是她对丈夫的心，是她对自己整个人生的态度。过去，她从妓院中逃出来，她的希望是有人能收留她，帮她跳出火坑，她不愿意惨死在那儿，潘赞化挡住一切阻力娶她进门，不仅如此，还支持她念书、习画，甚至还送她到法国实现她的追求。这个男人要么真的不爱她，出于道德和责任他恪守自己做人的原则；要么他是深爱着她，相貌平平的潘玉良，在潘赞化眼中是独一无二的女子，他对她的爱是大爱，不霸占、不囚禁。

电视剧《画魂》中潘赞化追到法国，事实上是没有的，她与王守义也不单只一个拥抱，他们相守相伴同居在一起，但她并未嫁给王守义，王在出国前已娶妻生子。

《流动的盛宴》是海明威的散文集，字里行间的巴黎充满魅力，旧相片上的年轻男人，西装革履，头发梳得油亮，戴着帽子，活脱脱的雅痞；年轻女子浓妆艳丽，指间燃着烟，妩媚的眼线吸引了不同年龄层的男性。曾有个法国女演员说，法国女人天性就是吸引男人，这是法国文化的国粹。看似轻佻，活泼、积极、乐观地生活着，谁愿意错过一场华丽盛宴？

海明威说："假如你有幸年轻时在巴黎生活过，那么你此后一生中不论去到哪里她都与你同在，因为巴黎是一席流动的盛宴。"

1923年，潘玉良考取巴黎国立艺术学院，1925年进入意大利罗马国立美术学院，其绘画天赋得到绘画系主任康洛马蒂教授的赏识，直接升入该系三年级学习，成为该院的第一位中国女画家。艺术之都罗马，它以规模宏大的古代建筑和丰富的艺术珍藏著称于世，在这里，她成了高级学术权威琼斯教授的免费学生。1928年冬季，带着圆满和喜悦，潘玉良学成归国，结束了7年异国漂泊的艰辛日子。她受到上海美术专科学校刘海粟校长的聘请成为该校西画教授，并任系主任，两个月后，在上海举办了"中国第一个女西画家画展"。后又应徐悲鸿聘请，任南京中央大学油画教授。

正当潘玉良在事业上进入鼎盛之时，日本侵华战争开始了，大规模的救亡运动期间，潘玉良为义卖四处奔走，诽谤、污蔑对她从未停止过。1936年，她举办第五次个人画展，也是她在国内的最后一次画展，展品中有幅大型油画《人力壮士》，画面上所表现的是一个裸体的中国大力士，双手扳掉一块压着小花小草的巨石。践踏东三省的铁蹄，虎视神州大地的充血眼睛，怒吼的风云，受难的苍生，人民的呼号，权贵的置若罔闻，在她心中组成了一支悲壮的大合唱。她想凭借对力量的赞美，来表达对拯救民族危亡英雄的敬意。前去观赏的许多观众久久地停留在这幅画前，默默地感受它的震撼。潘玉良很爱这张画，想自己保藏。然而画展开幕那天，教育部长王雪艇提出要买这张画，她不好拒绝，以1000大洋定了下来，议定画展闭幕时取画。不料就在这天晚上画展遭破坏，《人力壮士》被划破，边上还贴了张字条：妓女对嫖客的颂歌。

这是女人的软肋，把脱掉的衣服一件件穿回来，何其屈辱。

虽有后人不断注明，她在怡春院只是清倌人，以她当时年龄未够接客的岁数，平时只负责做些打杂、跑腿的事，但人们最后记住的还是：她是妓女，她是小妾。

外人讥讽，家里正室的冷眼，使潘赞化夹在中间很是为难。玉良借口去参加巴黎举办的"万国博览会"和举办自己的画展，1937年她再次踏上赴欧旅程。

一个有才华的女人，在当时国内的环境下得到的只有钩心斗角被泼得一身脏水。潘玉良性格耿直，她追求的梦想和她的出身，早晚会为这个家里带来不幸。人家娶妾养儿育女，她则跑去法国，一待就是7年，闲言碎语和家里的龃龉，使她只好再次离开。

她和丈夫又一起生活了9年，9年里眼看着家园一步步沦陷，潘赞化也消沉了，面对外界的讥嘲和家里女人的矛盾，他是该让她走了。

四
/ 赴法求学，与徐悲鸿成为同学

　　她是中国近代史上著名的女画家、雕塑家，一生作有油画、水墨画、版画、雕塑、素描、速写多达 4000 余件，巴黎市政府收藏有她的作品。

　　初来法国，她在里昂中法大学补习了一个月法语，以素描成绩优异被国立里昂美专录取。1923 年，转入巴黎国立艺术学院，师从达昂·西蒙教授。这期间，她与徐悲鸿、邱代明等成为同学，花都迎来了最早的一批中国画家。

　　与巩俐、李嘉欣饰演的角色不同，真实的潘玉良，狮子鼻、厚嘴唇，长相奇特，性格倔强而坚忍。

　　半个多世纪前，留学法国的音乐家周小燕住在她称为"肖伯母"的野兽派画家凌卓家里，因缘际会认识了潘玉良，玉良为她画了幅像，当时她觉得不像自己，没有要。后来，这幅肖像画作为珍品出现在"20 世纪中国油画回顾展"上。

　　周小燕回忆潘玉良时说，当年旅居法国巴黎的潘玉良走在香榭丽舍大街上是颇有"回头率"的，但这并非因为她漂亮，而是她狮子鼻、厚嘴唇的相貌十分奇特，甚至可以说有点丑。那时的潘玉良十分潦倒,她的住处就是歌剧《波希米亚人》所描绘的许多穷画家、穷学生聚集的"拉丁区"。她住在一个小阁楼里,墙上贴满了她画的素描,线条非常流畅,而且很有力,多是裸体,其中还有她的自画像。

岁月匆匆,人苍老,潘玉良渐感身心疲惫。第一次踏上巴黎,她满载欢天喜地和离愁别绪,这一次她几乎是逃离了是非之地,"脱籍风尘"是她难以愈合的疤。她的画作更是便捷有效的"把柄",见不得半点肉色的"正义之士",无所不能地发挥"意淫本色"。

1939年正值欧战前夕,局势紧张,许多老朋友正纷纷离去。这期间,生活不安定,绘画工具和材料十分缺乏,画展活动也无法如期进行,她住在一个常年漏雨的小阁楼上,生活清苦。她留着短发,大声说话,不拘小节。她要么一天到晚在家作画,要么在塞纳河边和一群艺术家喝酒。

苦中作乐的日子,一个叫王守义的男子走进了她的生活,在她往来不多的朋友中,王守义是最关心她的人。他为她送去食物、设置画室、举办沙龙,陪着她到外景地写生。同样清贫、背井离乡的两人,相知相守着。

生活的颠沛流离,激发了她在艺术上的创作激情,她的作品融合中西,色彩线条互相依存,用笔俊逸洒脱,气韵生动,赋色浓艳,雍容华贵,融合了后期印象派、野兽派以及其他流派绘画的风格和韵味,她的画有一种饮尽凉薄的爱之味。

线描手法将中国元素的意境、韵律和诗情蕴藏其中,构图大胆、夸张,色彩绚烂而宁静,有较强的律动感和独立的审美意识。

她的国画一反文人画的淡雅，充分发挥西画背景烘染和后印象派的点彩手法，兼而吸收中国民间艺术质朴、浑厚、沉静的韵味，将中式的笔墨写意和西画的实体质感融会贯通，呈现出她独创的审美风格。

潘玉良不与一般画商合作，但仍有赏识之士，邀请她在巴黎塞努希博物馆举行展览。1953年至1959年两次巡回个人展，使她在日本、比利时、英国、德国、希腊、卢森堡、意大利都获得成功。她一生最大的荣誉是，1959年9月巴黎大学的多尔烈奖给了她这个中国女子，这在巴黎大学的奖励史上是破天荒的第一次。巴黎市市长亲自主持授奖仪式，把银盾、奖章、奖状和一小星型佩章授予她。主席致辞时盛赞她在艺术上的成就，说20年前，她的画就已经进入秋季沙龙，她的画富有雕塑感，很有创造性，她的雕塑有绘画的风味。

旅法画家贺慕群印象中的潘玉良是：晚年时住在蒙巴拿斯附近的一条小街，她住在顶楼，住房兼画室，生活清苦，但是勤于作画，有时候一天到晚在家作画，一天都不出来。1954年，法国曾拍过一部纪录片《蒙巴拿斯人》，介绍这个地区的文化名人，其中就有潘玉良，她是片中唯一的一个东方人。

潘玉良的艺术创作所涉足的白描、彩墨、雕塑、版画等诸多领域中，以油画的成就最为突出，代表作有《自画像》《花卉》《菊花和女人体》等。在目前的拍卖市场上，潘玉良作品的最高价出现在2005年佳士得秋季拍卖会上，她在1949年创作的《自画像》以1021.8万元的价格成交。

法国东方美术研究家应赛夫评价潘玉良时说："她的作品合中

西画之长，又赋予自己的个性色彩。她的素描具有中国书法的笔致，以生动的线条来形容实体的柔和与自在，这是潘夫人独创的风格。她的油画含有中国传统水墨画技法，用清雅的色调点染画面，色彩的深浅疏密与线体互相依存，很自然地显露出远近明暗、虚实、气韵生动……她用中国书法的笔法来描绘万物，对现代艺术已作出丰富的贡献。"

潘玉良的作品现藏于安徽省博物馆、法国赛努希博物馆、巴黎现代美术博物馆、法国国立教育学院、台北市立美术馆及私人收藏家手中。

人死如灯灭，潘玉良身后留在巴黎的大批绘画作品已不为人所知。20 世纪 80 年代初，有学者、专家的巴黎之行曾寻访潘玉良生活过的踪迹，终于在潘玉良终老的拉丁区地窖里发现了她的遗作，有的已霉变腐烂。几经周折，才最终将这批作品运回国内，转交安徽省博物馆收藏。

五 / 蓝颜知己，相伴晚年

1940 年 6 月，德军的铁蹄踏入巴黎。潘玉良画室没了，继之而来的是物价飞涨。最初，她还能靠积蓄和卖画勉强维持，冬天时，情况已到了窘困的境地。

在中国现代革命史上有一件大事：留法勤工俭学运动。王守义在 1920 年 11 月 7 日乘法轮"博尔多斯"号，由上海启程。

他是北方人，生于河北高阳西田果庄一个贫苦农民家庭。他在巴黎的生活并不顺利，曾去煤矿挖煤、在饭店洗碗，后学会汽车驾驶和修理技术，租赁汽车跑运输。半工半读，最终考入巴黎航空驾驶专科学校，取得了飞机驾驶执照。

王守义和玉良都曾就读于里昂中法大学，他是法国"旅法华侨俱乐部"的创办人之一，在圣·米歇尔大街开了家中餐馆，取名"东方饭店"，他并不富有，却时常接济别人。

事业和生活刚有转机，七七事变，抗战全面爆发，国土相继沦陷。身在巴黎的王守义与一干爱国志士决心投身国内抗日，准备驾驶飞机赴东北抗日战场。后因风声泄露，遭到追杀，事先得到消息的王守义飞往瑞士避难，躲过一劫。他在瑞士住了一段时间后，又回到了法国，与刚从中国返回的潘玉良结识。

电视剧《画魂》中分别饰演潘赞化、王守义的是胡军和刘烨，导演是关锦鹏。一部《蓝宇》使人对他们印象深刻。30集的连续剧，大有篇幅去重现整个故事，却徘徊于三角恋的纠葛。玉良一生创作4000余件作品，生活最潦倒时，她仍抱着她的梦想不放，这份坚毅韧性却比不上感情上的纠葛吸引人的眼球。

在法国的华人中，与她有过交往的友人回忆起她，不同程度地提到她社交圈很小，不善于商业运筹，她的作品在法国画坛不为人知，生活比较拮据，靠救济金维持。去世后，无法与名画家相比，生前她一直想把画作带回国内，但遭到法国当局的阻止，去世前她托付王守义完成她的心愿。

终于重回故里的王守义，与家人团聚后又赶回法国着手处理玉良的遗愿，怎奈天不遂人愿，这时的王守义发觉耳后生了个肿块，去医院检查才得知是晚期恶性肿瘤，住院10多天后也离开了人世。

同是天涯沦落人的潘、王，远隔重洋在异乡打拼。群英荟萃的巴黎，海纳百川，来此的艺术家们无不沉溺于它的奢华靡丽。寓居巴黎的玉良孤身一人生活，身为画家，没有画室，租住在一个小套间，王守义帮她举办艺术沙龙，陪她出入朋友的艺术沙龙，她举办画展时王守义设法筹资，多方奔走。

熟知潘玉良的人，知道她喜欢唱戏、打牌、喝酒，不拘小节，说话时声音很大，很远就能听见她说话，气势不让须眉，颇有男子气度，个子不高，剪着短发。每次有中国的演出节目她都要来看，留学生举办的画展和联欢活动时会请她，她总是乐意参加。

历史的评价是潜台词，依仗着一个风光无限的男人，最终熬出头，是传世奇情，后世不会记得她的委曲求全，却会记得她是谁谁的夫人。潘赞化去世时，她仍然只能算是他的小妾，她原本可以再嫁，找个归宿，她没这么做，她姓潘，在中国还有个和她没有任何血缘关系的家，潘家的后人也还记得她。

南京沦陷后，她失去丈夫潘赞化的音讯，一直到 1952 年她才收到丈夫的来信，得知他在安庆居住，担任安徽省文史馆馆员之职。后来，丈夫来信说他的儿子潘牟和玉良的老师刘海粟被打成"右派分子"，他在信中要潘玉良与潘牟和刘海粟划清界限，并暗示她不宜回家。

与正室的不合可以磨灭，所受的屈辱也会逐渐愈合，归家之路，止步于浩劫。

留在法国的玉良时时关注着国内形势，1964 年 1 月 27 日，中法正式建立外交关系，潘玉良和王守义与国内亲人取得了联系，她得知丈夫潘赞化已在 1959 年去世，她悲恸欲绝。正当她办好手续准备回国时，"文革"开始了。

1977 年 4 月，王守义和潘玉良离开巴黎郊外的住宅，搬进了巴黎政府官员的宿舍，他和她相依相伴。

还没等到重回故里的那一天，潘玉良重病在榻，1977 年 9 月，她先王守义而去。

王守义为她在巴黎蒙巴纳斯公墓第七墓区购置一块使用期为 100 年的墓地，她着旗袍入殓。墓前鲜花遍地，吊唁者不同肤色，人们手捧翠菊和紫红色康乃馨，表情肃穆。平滑如镜的黑色大理石墓碑上，镶嵌着长眠者的白色大理石浮雕像。雕像的下方，悬挂着 10 多枚造型各异而又美观的奖章；右边是一行用中国汉隶体镌刻的碑文：艺术家潘玉良之墓。这是王守义亲笔写下的字。

潘玉良身前嘱托王守义，日后回国，一定将当年她与潘赞化结婚时的项链，和她第二次来法国时丈夫送她的一块银壳表归还给潘家的后人。项链系有潘玉良和潘赞化新娘、新郎照片同心结，怀表是蔡锷将军赠送给潘赞化的，他在黄浦江边送给妻子做临别纪念。

1978 年国庆节前夕，王守义终于踏上归途，在北京稍事逗留后，便启程去南京将遗物亲手交给了潘牟的妻子。

1981 年 5 月 5 日，王守义病逝于巴黎。他走得匆忙，第三件心愿还来不及完成。巴黎亲友们商议决定后，将他葬在潘玉良的墓穴中，他身前并未给自己安排墓地。潘玉良的墓碑上加上了王守义的名字和生卒年月。

芜湖县城里最豪华的餐馆江上酒家，灯火辉煌，宽敞的餐厅里点了几盏汽灯，耀眼得如同白昼。车声辚辚，彩轿顶顶，贾客要人，长袍马褂，都往这里云集。芜湖商界同仁举行盛宴，为新任的海关监督潘赞化接风洗尘。

豆蔻之年的玉良，遇上了她生命中的贵人，她不及普通女子的温婉妩媚，甚至有些男儿气，偏偏入了英气伟岸的潘赞化的眼，他虽非身穿铠甲踩着五彩祥云，却风度翩翩。

他们说他英雄救美，他为人也敦厚。这世间，男儿千千万万，她遇见了一个，又一个，孤身漂泊异乡，蓝颜知己相伴晚年，一世情，有这么两位情深义重的男子，也不枉此生了吧。

落红不是无情物，化作春泥更护花。孤独中的人儿，从此长相厮守。

第七章

陈香梅

一 / 爱上飞虎队将军

一直到最后，她依然充实、积极地活着。

她诠释了一段迥然不同的花样年华，她叫陈香梅。

我念书时，在图书馆借了本20世纪华人经典系列的小说专辑，婚外恋的一辑恰好有篇是她撰写的小说，我一直以为她是小说家，文字很有心思，看似一段婚外恋实则充满无奈和心酸。没想到作者的丈夫是飞虎将军陈纳德，32岁的年龄跨越，10年的夫妻感情。丈夫去世后，她带着两个孩子去了美国，在美从商从政，先后8位美国总统对她委以重任。

她有着琳琅满目的头衔和经历：

1943年，中央通讯社第一位女记者。

1963年，她受肯尼迪总统委任到白宫工作，成为第一位进入白宫的华裔。

1964年，她在华府参加支持高华德参议员竞选总统委员会发起人委员会，开始进入华人参政的主流社会。

1967年，她被尼克松委任为全美妇女支持尼克松竞选总统委员会主席，并兼任亚洲事务顾问；尼克松获胜后，她于1968年被委任为共和党行政委员和财务副主席。

1970年，她担任飞虎航空公司副总裁，为美国航空公司第一位女副总裁；并加入美国大银行，为第一位亚裔董事。

1972年，她被选为全美七十位最有影响的人物之一。

1978年，她为里根竞选总统铺路。

1980年，她出任白宫出口委员会副主席，并两度被选为美国共和党少数民族全国主席，是共和党亚裔委员会主席。

1989年，布什总统上台后，她继任总统府白宫学者委员会委员。

1991年，她出任美国国际合作委员会主席、美国内政部环保委员会委员、美中航运总裁。

著有英文畅销书《一千个春天》等中英文著作50余种。

光辉岁月的背后，是一个普通华裔女子，兼具事业心和对爱情的向往。

爱情某天不知会以什么样的方式造访每个人的生活，它来去无踪影，与憧憬的美梦大相径庭。18岁时的陈香梅也许从未想到有天会爱上一个大自己32岁的男人，他从美国飞来中国的战场，在云南与她相遇。

自从远征军的故事被搬上屏幕，国军抗战的那段历史也逐渐揭开了面纱，常能在各种网络转帖上看到类似这样的标题"最后一位飞虎队队员去世"，细读曾在空中阻击日军的英雄们的事迹，还没看完已震撼、伤感。

1937 年 5 月 29 日，陈纳德踏上了中国的土地。那时的陈香梅，还只有 12 岁，七七事变后陈家一家流亡去了香港。

克莱尔·李·陈纳德，1893 年出生在美国南方得克萨斯州的康麦斯，他有个法国人的姓氏，祖上是法国人，在美国独立战争时期来到美国，之后定居了下来。弗吉尼亚州的种植园曾为一个叫斯蒂文的法国人所拥有，他是克莱尔·李·陈纳德的曾祖父。

美国西部大开发时，斯蒂文·陈纳德也是开拓者中的一员，其子尼尔逊·陈纳德先后到达田纳西和卡罗来纳州，尼尔逊在路易斯安那州东北部靠近密西西比河下游的地方购置了一块农田，从此定居在此，他是克莱尔的祖父。

陈香梅后来说到丈夫为支持中国抗战，入境的护照注明的是"务农"，多半有此缘故。

1939 年还未对日宣战的美国，不可能出兵提供支持。陈纳德在美国军方的游说根本得不到支持，最后在美国总统罗斯福的批准下组织美国空军志愿队赴华参战。陈纳德将这一喜讯赶紧告诉宋美龄，并立刻招募了 200 多名美国志愿兵来到中国。此时美日尚未开战，来华志愿者的入境护照上写的身份五花八门：音乐家、学生、银行家等。陈纳德甚至特地从美国空军退役，他的护照标注的职业是"务农"。

1941 年，中国空军美国航空志愿队成立，陈纳德出任上校队长。48 岁的上校带领着他的飞虎队在中国上空俯冲，二战如火如荼地进行着，在这片战火弥漫的土地上，知天命之年的上校收获了军人的荣耀和爱情。

1943 年，18 岁的陈香梅加入中央通讯社，是该社第一位女记者。

生在北京，在香港长大并接受教育的陈香梅，和张爱玲一样因1941年香港被日军占领后，和姐姐带着小妹妹们流亡辗转各地避难。母亲已经去世，在美国任职的父亲让6个女儿赴美，陈香梅拒绝了，她从小渴望写作，对文艺的热衷驱使她选择接受通讯社委任去昆明分社工作。

那时的昆明，还没有纷至沓来的驴友们的足迹，街道上成群的猪啊羊啊经过许多华丽的宫廷式建筑，木轮马车、自行车、汽车、卡车齐集涌上，见缝插针地行进。

空气甜腻又明媚，混杂着各种香料味和汗臭味。刚走出校门的女学生，被主编委派去采访十四航空队司令。陈香梅的英文底子好，但采访对象是一位身经百战，总以严肃、倔强表情示人的飞虎队陈纳德少将，她心里很没把握，她太年轻，会不会让人觉得不够尊重？

旧照片上的陈纳德，深色的头发和双眼，眼神坚忍，脸上镌刻着一道道皱纹，甚至让人猜想：他微笑时表情是否依然严肃？如果不是看到后来他和陈香梅的结婚照，他望着妻子时的铁汉柔情，真让人难以相信他也有这么情深的一面。

人们津津乐道的忘年恋，还有杨振宁和翁帆相差54岁的婚姻，《花花公子》创始人休·赫夫纳和克丽丝塔尔·哈里斯相差60岁的婚姻，后者以哈里斯失踪收场，赫夫纳去世后如愿与梦露为邻。

陈纳德的年龄比陈香梅父亲还大了一岁，双陈可说完全是两个时代的人，年龄会轻易被忘却吗？初见将军的陈香梅，被他的气度深深吸引，她甚至不用做笔记只为全神贯注听他说的每句话。

回到家后陈香梅把见到陈纳德的消息立刻告诉了大姐静宜，局外人的姐姐一眼看出了这个妹妹迷上了飞行英雄，但陈香梅出于女孩的羞涩立刻否认了。大陈香梅4岁的大姐静宜当时正在着手办理去美国的手续，她所受的教育偏美式，她在十四航空队当了两年飞行护士。陈纳德曾在旧金山见过陈父，陈父还托他代为照料女儿，两家的关系一向不错。

在昆明、重庆的两年，静宜目睹了太多战争残酷无情的一面，她劝妹妹和她一起去加州。父亲也希望香梅去，认为香梅热爱的事业在大洋彼岸一样可以寻找新机。陈香梅断然拒绝了静宜的劝说，她回答道："如果为了在美国那个不可预知的前途，而骤离此地，对我而言，乃是一桩愚蠢的事，因为在那儿的新闻界中，我需得和当地的美国人竞争。"

使她留下来的还有来自她内心的另外一个声音，她被分到报道十四航空队的部门，这将意味着她和陈纳德之间有很多的见面机会，即使只是作为一个仰慕者，能有幸如此靠近英雄，也让她感动万分。

"双陈恋"以华丽的身姿登场，而身为外交官的父亲陈应荣，除了不能接受年龄的跨越，更不能接受的是未来女婿是个有过婚姻的美国军人，陈纳德认识陈香梅时正与妻子长期分居，这个男人到底是为了填补心里的空窗还是为了真正的爱情？

陈香梅的母亲廖香词在香港因病去世，当时她仅14岁，姐妹六人的名字都跟着母亲排名，大姐原名是香菊，这名字听起来是丫头，才改了静宜。陈父最疼爱在一次大战结束后出生的大女儿静宜，一直想有个儿子的陈父，只得6个女儿。

陈香梅出生于北京名门望族，父亲陈应荣是牛津大学博士，在北大、辅仁大学任教，后成为外交官，母亲廖香词曾留学欧洲，学习音乐和艺术，外祖父廖凤舒既是学者，又是外交家，曾任驻古巴公使和日本大使，廖凤舒与赫赫有名的廖仲恺是亲兄弟，外祖母是外祖父唯一的夫人，外祖母在婚前从未来过中国，是个地道的华侨。

父母亲的婚姻是真正的指腹为婚，祖父母和外祖父母两家是莫逆之交，外祖父廖凤舒任中国驻古巴大使时，父母亲的结婚热闹了整个哈瓦那，出席喜宴的宾客中外名人政要皆有。一向疼爱外孙女香梅的外祖父在她后来的婚姻大事中推波助澜。

少女梦中的恋人，穿着一身军装从天空中来，他并非年轻俊气的"白马王子"，他甚至有张不太笑的脸，但他有成熟男性的责任感和情深。

若非内心足够强大，若非中了"晴天霹雳"，面对日后年月的寂寥，有多少年轻女子愿意收获一个英雄的晚年呢？

爱情，是当你忙着做其他计划时刚好发生的事。

二战的硝烟并未注定他们是"魂断蓝桥"的一场梦，无关你先去，无关我先嫁，既然认定了，就不轻易放手。

昆明的遇见，是双陈互相了解的时期，陈香梅知道她所要面对的压力，陈纳德更有战事和美国的家事要处理。

在中国生活了8年的陈纳德在1945年8月8日离开了中国，临别前他对陈香梅说，我们将再见。

二 / 战争与爱情

1938 年初冬，陈纳德来到昆明，这座偏远的西南古城。昆明的辣味菜，尤其让他怀念得克萨斯州的饮食风味。

马可·波罗在游记中记有："云南是古代从北平到缅甸北部的孟厝去采办珠宝玉石的唯一大道。"印度支那曾是法属的殖民地，法国人从海防和河内修筑了一条通往昆明的铁路，每到雨季法国人便来到昆明逍遥，绿荫丛中的法式小洋房富丽贵气。

昆明是古老的战争走廊，一身戎装的军人曾在边境上交战火拼，"冲冠一怒为红颜"的吴三桂也曾在此与陈圆圆退守昆明。木轮马车和人力车的铃声混杂处，是显贵的轿车和美军的吉普车，伴随着火车的鸣叫。

陈纳德在昆明的家靠近昆明大学附近，离机场不远。瓦顶土砖的小屋，四周围着稻田。墙壁上日军战机留下了弹痕，四个中国人为他服务，厨子、司机、两个听差，吵吵闹闹的，比起他美国的家热闹多了。

硝烟四起，整个战局让人沮丧。日军在瓜达卡纳尔岛登陆，阿留申群岛的战斗，欧洲的战事，缅甸的战斗，没有任何积极的消息。美国报刊除了称赞这支飞虎队，已无喜讯可作为热点报道。可事实上，这支威名远扬的空军仅有6架中型轰炸机和50架伤痕累累的战斗机，补给不足，还面临着缺衣少食！一切得依靠飞越驼峰运输线，各种补给常常在印度就被扣下。

陈纳德和飞虎队只有自力更生，依靠这片土地养活自己，蔬菜、猪、牛、鸡都能自给自足，威士忌、咖啡是奢侈品，他们开始喝中国茶和当地啤酒。

自1942年3月仰光陷落后，"驼峰"是中国通达外界的道路，将近两年里，飞虎队用的每一样东西都是飞越驼峰而来，从印度东北部的阿萨姆至云南境内的机场，飞行距离500英里。

征服驼峰是二战中辉煌的一页，物资运送采用"海、陆、空"接力，第一段路程12000英里海运，从美国直达西印度的孟买海港，接着1500英里铁路。阿萨姆山谷的尽头，被巍然的喜马拉雅山笼罩在阴影之下，最后一段驼峰的飞行任务就落到了美国运输指挥部头上。

著有《中国大历史》的黄仁宇，曾作为业余新闻记者撰写战地通讯《滇缅之战》。1942年上半年，日军占领了缅甸全境，印度岌岌可危，一旦失守，日军可以直趋中东，控制印度洋。缅甸的沦陷对中国战场产生了严重影响，滇缅公路被切断，西南的国际交通仅靠驼峰航线维持。

1943年，志愿航空队改为第十四航空队，陈纳德升任为少将，除了协助组建中国空军对日作战外，需协助飞越喜马拉雅山，从印度接运战略物资到中国，以突破日本的封锁，人称"驼峰航线"。航线从印度阿萨姆邦汀江，经缅甸到中国昆明、重庆，运输机飞越青藏高原、云贵高原的山峰时，达不到必需高度，只能在峡谷中穿行。飞行路线起伏，有如驼峰，驼峰航线由此得名。飞机飞行时常有强烈的气流变化，遇到意外时，难以找到可以迫降的平地，飞行员即使跳伞，也会落入荒无人烟的丛林难以生还，还有日军飞机在空中拦截给运输队造成巨大威胁。

陈纳德提出的扩充空军防卫实力计划得到全面支持，计划需要增加3个战斗大队，3个轰炸大队，驼峰航线肩负着每月4700吨供应物资的飞行任务。

历史记载，从1942年5月到1945年的3年间，由于气象险恶，坠机是家常便饭，驼峰航线上共有1579名飞行员（大多数是美国人），468架飞机机毁人亡，长眠在峡谷之中。

抗战结束前，陈纳德即将回美国去，他和飞虎队员们在中国赢得了荣耀和热爱。曾经因肆无忌惮在空中进行轰炸的日军，人们在无数个"轰炸之夜"伴随着恐慌，推开门目睹的惨状，而飞虎队的到来使日军变得极为顾虑。

当陈香梅在战火硝烟中寻找逃生之路时，陈纳德带领着他的飞虎队们在空中阻击日军，当时她还不知道，她父亲出任中国驻美旧金山领事时，和陈纳德就已是老朋友，还常聊起陈家的女孩子们。陈静宜在十四航空队担任护士时，陈纳德也已见识了陈家女孩的能力，直到遇见陈香梅，将军才知道这个就是他要找的女子。

飞虎队的出现，为老蒋当时面临的局面起到了很大的正面作用。在陈纳德来到中国之前，老蒋一直自诩他所拥有的空军部队很厉害。1937年，蒋介石授权宋美龄掌握空军，她邀请了陈纳德将军整顿中国空军。

双方经过了多次私密会晤，宋美龄担任翻译，陈纳德观察了空军后，直截了当地说"中国根本没有空军"，老蒋拥有的战机都是别国投机者倒卖的旧飞机，老蒋听了大为光火，立即请陈纳德在杭州组建中国第一个空军学校，当时日军紧迫逼人，学校没有建成。陈纳德于是回国，对美国国会和总统进行游说，直到罗斯福同意组建志愿队。

战争让更多的民众失去家园，妻离子散，烽火之中的爱情格外弥足珍贵。投身中国战场的陈纳德不仅收获了军人至高无上的肯定和荣誉，还赢得了美人心，也许这是他晚年时最为宽慰的事。

荣耀最后都会被收回，而那份深藏在心的柔情却不会。铁汉也会动心，更何况是对一个与他有着同样想法的女子，他早就知道她，原来他们是命中注定要在一起的。

抗战胜利后，有情人相逢于上海，当时的人们经常能看见两人在一起，引人猜测好事将近，一年过去了，仍然没有传出喜讯。抗战结束了，横隔在两人中间的问题还在，陈纳德当时已在美国与妻子离婚，来自父亲的反对仍然没有减弱。

他对她展开整整3年的猛烈追求，陈香梅和朋友出去玩，将军就跟着去。知道一向疼爱她的外祖父母喜欢打桥牌，他常常去她外祖父母住在静安寺路的家，和老人打桥牌，常输给他们。陈香梅的外祖父母很喜欢这"老外"，为外孙女的婚事做了不少工作。

当时陈香梅是驻上海的中央通讯社记者，中央社在上海圆明园路，陈纳德则住在虹桥路。

两弯高飞的眉毛，瘦小的她，收获了一个英雄般的男人。

经过三年的"持久战"，父亲答应了婚事，双陈的婚事在父亲的主持下举行。1947年12月21日，两个不同国籍、不同宗教信仰、不同年龄的一对新人，在大家的祝福下，缓缓步入教堂。

1948年3月16日出版的《新闻天地》杂志第36期报道，已完婚3个月的新人，他们都感到非常幸福，陈将军常对人说："我数十年来如今才尝到真正的快乐！"

双陈夫妇蜜月时窗口拥吻的照片，在战火纷飞年代，让精英、准精英又相信了爱情。一个意气风发，一个如花美眷。

"您与陈纳德将军的爱情与婚姻轰动一时，现在还是当年那样不顾一切地爱着将军吗？"多年后有记者问道。

"与陈纳德将军共同生活度过的十年时光，是我一生里面最珍贵的时光，是我与将军深深相爱的十年。到现在，尽管他去世已经很久，但是每一年的军人节，他的幕僚、他的朋友都会到华盛顿来，与我一起到他的坟上去追悼。在他的墓上，我以前种了一颗红豆，现在树已经长得非常高了，红豆相思。"她答道。

1947年冬天，陈香梅第一次见到了蒋中正夫妇，见面之前陈香梅心中有点不高兴，问："你结婚难道还要请求他们的同意？"陈纳德答得也很妙，说："并不是同意和不同意的问题，他们俩都想见见你。"

这番会面为两家此后半个多世纪的友谊做了铺垫。

抗战时，飞虎队总部设在重庆，宋美龄常把陈纳德找去一块打桥牌，陈纳德也常把宋美龄请来，招待她看好莱坞新片。1958年将军临去世前，宋美龄不远万里从台北飞到美国看望他，直到十天后他去世。已是美国三星中将的陈纳德，宋美龄一辈子都叫他"上校"，只因陈纳德领导飞虎队时是这个军衔。

20 世纪 50 年代初，双陈夫妇刚到台北。宋美龄很喜欢他们的两个女儿，认作干女儿，一生没有孩子的宋美龄非常喜欢孩子，逢年过节还送来礼物，即便自己抽不出空也派人送去，比如镌刻了"陈美华""陈美丽"的玲珑图章。两个女孩的名字是蒋中正取的，也是双陈夫妇的心愿，飞虎队的荣耀与光环之下，铸就了一段美满的姻缘。

20 世纪 80 年代，宋庆龄病危时曾托陈香梅带信给宋美龄，信是由陈香梅的舅父廖承志代笔，可见两家的交情之深。

陈香梅忆起宋美龄时说：

"宋美龄确是才貌双全的美人，而且智慧甚高。她穿标准的高领旗袍，长及足。旗袍的纽扣多是翡翠和珍珠镶配的，名贵高雅，别有韵味。初见面时她拉着我的手用英语和我交谈。后来我发现她讲的国语都是上海口音，有时常用几句英文。和她接近的人大致可归纳为两种：一是会说上海话的，一是会说英语的。"

当有问："离开大陆这么多年，她对上海，还有眷恋之情？"

陈香梅答道："怎么会没有呀，她是地地道道的上海人，上海镌刻着她的花样年华。多少事，自难忘，美龄人在异乡，却把对上海的满腔乡情，都糅进了她那流利的上海话里，直到晚年，只要一遇到上海人，她开口还是说'阿拉'。"

三 / 华裔女性的白宫之路

"八年抗战，我和其他流亡学生没两样，是逃难兼读书。先从北京逃难到香港。在香港读完了小学和中学。珍珠港事变，日本发动对美战争，同时又进攻英属香港。1941年12月8日（星期一）的早上，日机群来攻，先炸九龙启德机场，炮声隆隆。我们刚刚要去教室上课，听见炮声还以为英军又在演习。但不到数分钟，电台广播要大家入防空洞（根本没有防空洞），并正式宣布战事开始了。"

沧海桑田后，她仍然清楚记得。

14岁时，她在香港医院陪伴母亲，是母女俩相处最久的一段时间，廖香词娴雅、雍容，她总是忙于购物、宴会，孩子们甚少见到母亲在侧。

人生三大悲：幼年丧母、中年丧偶、晚年丧子。14岁时失去了母亲，33岁时眼睁睁地看着她心目中最刚毅倔强的男人一点点死去，如同天神般轰然倒下。

相逢有时，诀别有时。

自古名将如红颜，不许人间见白头。

相伴 10 年的丈夫，她心中完美的男人，正被无形的杀手追杀，头发如秋后的荒原，稀薄而苍白，衰老和死亡刻在脸上，每寸肌肉失去了活的机体。

在"像个罐头"的密支那，黄仁宇描述，云浓雨密，负伤将士的担架不断扛来。一队美国兵却依旧英雄气概地站着，一动也不动。对于这群美国兵的感怀，黄仁宇保留了四十多年，在《黄河青山》中作出描述："倾盆大雨无情地下着，这些士兵肩荷着卡宾枪，显然在等候出发的命令，全都站着不动，不发一语。我能说什么呢？要我说他们英气勃勃地站着，坚忍不拔，昂然挺立，决心承担战争的重任，忍受恶劣天气的折磨？他们的眼圈和无动于衷的表情都让我别有所感。下雨会让他们想家吗？想到九千英里之外的家乡？"

1944 年 5 月 26 日，在密支那目睹这一场景的几天后，黄仁宇的右大腿在一场战斗中被三八式步枪击中贯穿倒地，所幸未伤及骨头。"我一生永远不会忘记这一天。"黄仁宇这么说。

陈纳德也曾是这群美国兵中的一员，一身英雄气概地从天而降。

现在他睡了，每隔一小时注射止痛药，他从不表露痛苦神色。

刻进骨髓的坚毅，皱纹如枯败的峡谷沟壑，唯有妻子知道丈夫的不服输。

生命中架着一台看不见的终端机，迟早骤然而止，叫人猝不及防。

谁都要终结。

十年生死，经过战争的洗礼，将军也要拜会他的"终结者"了。

她知道病魔纠缠、死神召唤他，已经三年了。

陈香梅想起了一段往事，1955年在台北圆山饭店举办的一次茶会上，她伴着丈夫陈纳德，这是他们在公众场合最匹配的位置，家里是她说了算。几个台北的大学生很激动地向他们走来，手中是摊开的笔记本和笔，请将军题词、留言，仰慕者的标准姿势。正当将军要站起来时，年轻人涌向前，他们读了她撰写的《寸草心》，想让她签名！一瞬间，百感交集。

她不单单只是陈纳德夫人，她也是女作家陈香梅。

陈纳德病倒后，曾深情地对她说："做你自己喜欢做的事吧。"他洞悉她的挚爱所在。在丈夫的病榻旁，她完成了长篇小说《谜》。

人生就是个谜。

《谜》展现的就是连环套式的错爱错缘！26岁的布爱龄小姐出身于一个钢铁公司老板的家庭，她是总工程师秦俊的未婚妻，她总觉得与父亲所器重的工程师秦俊的爱情过于平淡，在一次旅行中，盲目痴迷地爱上了魏森。与魏森结婚后，方知魏森仍疯狂地爱着亡妻黛斯，魏森之妻黛斯数年前病故了。在和魏森交往的日子里，布爱龄发现魏森是个有双重性格的人，很难捉摸他的喜怒哀乐。黛斯原是彼得的未婚妻，彼得出于报复，变态地折磨布爱龄，使布爱龄濒临绝境，最后，幸亏医生魏克拯救了布爱龄。爱神是视力很差的光腚娃娃，为了爱而爱的是神，为了被爱而爱的是人。

《追逸曲》是一封封也许永远也寄不出去的信，是一出断肠的婚外恋。一个没有爱情的少妇，追思着远方的情人。优美细腻的文笔，随手拈来的古典诗词，如行云流水，如泣如诉，正是作者少女时就最拿手的情书再现。少妇进入中年，只需要一种心灵的恬静、一种忠诚的怜爱，由此获得大解脱，一切都是永恒，一切都是神圣。

《异乡人》是个短篇，讲述抗战时期昆明的岁月，美国飞行员比利爱上了良家女子小碧，两人海誓山盟，缔结婚约。两年后战争结束，比利回到美国，了断姻缘。小碧悄悄生下了他们的女孩，独吞苦果，三年后女孩夭折，小碧病危。比利接到信后速飞中国，无奈佳人已去，唯剩一抔黄土，他拾了一撮泥土，放入袋里。这则很有她自身影子的故事，也许是她对当初的另一种揣测吧。

丈夫去世前夕，大姐夫妇专程从台北飞来帮她，待一切料理完毕，他们回台北，希望香梅同行回家路。父亲陈应荣和继母希望她来旧金山，深感女儿过去的不易，和现在的艰辛。三妹是贤妻良母，丈夫方仲民在台湾"经济部"任职，常派驻东南亚各国，她跟着丈夫在吉隆坡工作。四妹香兰学数学，在加州发展，丈夫黄威廉博士是工程师，四妹夫妇希望香梅定居加州，彼此好有照应。五妹香竹在休斯顿一家大石油公司担任研究室主任，香竹的丈夫在银行工作，两人都在休斯顿，也向她发出了邀请。小妹香桃刚从加州大学毕业，她跟香梅很亲，她学开汽车，还是陈纳德手把手教的，她正和香港商界的冯公子谈恋爱，他们希望香梅去香港。外公已在将军病重时即1957年去世，外婆仍在香港。

阿林顿国家公墓是世界上最大的公墓之一，只限于美国军人及军人直系家属在此安葬。将亡夫安葬于此，是她的主张。陈纳德的家人曾坚决要将他葬回到家乡的家族墓群中，她不答应，她以为，他不只属于家乡，而是属于美国，还有中国。

她一概没有接受，无论是娘家人对她以后生活的安排，还是陈纳德家族的提议。

她自信，她能把握住自己。

她选择了华盛顿。

陈香梅两手空空，一无所有。没背景、权势、钱财，青春也所剩无多，她还有两个不满十岁的女儿，和陈纳德遗孀的称谓。

将军一去世，退休金停发，她只领到300美元的丧葬费。将军的遗产和保险金并不多，分遗产的人则很多，她大约只能分到五万美金，产业已被冻结，五年后才能开启。

牵扯到陈纳德遗嘱认证以及产业等法律问题得就近处理，将军老友葛柯伦建议她在华盛顿住下。跟随将军多年的两位女秘书多琳和希尔太太也都在华盛顿工作，她们向她伸出友谊之手。

美国对于她，有着千丝万缕的联系，这是她丈夫出生、成长和埋葬的地方，也会是她最后的归宿地。她相信这片土地还有一个属于她的奇迹，就像她丈夫当年在中国所做到的。

陈香梅记起丈夫读林肯传记后感叹："一个人在成功以后，他所向往的不是功名富贵，而是此时那种无拘无束的、有苦难也有欢笑的日子。这是千古不变的定律。"

陈纳德在世时，他们每每到华盛顿，总是下榻维拉旅馆800号套房。这家旅馆位于第14街和宾夕法尼亚大道的街角，离白宫只有一箭之地。这里是早年美国历任总统之家，住进这里不仅有历史感，而且有荣耀感。旅馆总经理很崇敬陈纳德，愿意以每月1200美元的优惠价格继续出租给她们，但她婉拒了。房租尚可支付，套房没有厨房，旅馆用膳费真可谓触目惊心，她没必要打肿脸充胖子，现实的国度，她现实得毫不含糊。

她选择了华府西北马萨诸塞大道400号，一座14层楼的极不起眼的红砖公寓作栖身之地。她租下两间卧室，母女仨挤挨一块，月租只要375美元。最要紧的是，街对面是天主教区的附属小学，两个女儿都刚上小学。

经过一番深思熟虑，她执拗地以为，国学功底决不会在美国社会一无所用！她不想也不能改变自己。

恰逢乔治城大学语言系在着手一项新的研究：将各种语言的教科书用机器翻译成英文。她看中了这份工作，同时申请这份工作的另有五名男子，她毫不气馁击败了竞争者，实力与幸运兼备地被录取了。她是中国学者，出过几部书的中国作家，二战中的中国记者，她的资历会让很多竞争对手汗颜。

白天的陈香梅忙于翻译研究，晚上教中文，另选修英文演讲。她是职业女性，完全像个美式独立女人，她独立照顾一双女儿，尽母亲的职责。

试想在一个三口之家，父母白天上班，都忙得照顾不过来一个孩子，必须要请出祖父母、外祖父母轮流值班，一个单身母亲要带好两个女儿，其中的艰辛可想而知。美国人重视家庭，平时也有很多社交活动，为了融入这个环境，她连抽出时间陪女儿逛街都没有，就像人们通常所说的：美国女人没有空闲。

是的，她还是个绝望主妇，只是少了"主夫"。

越艰难的路，越走到最后才会感到成就越大，不逼自己一下，永远不知道自己到底能做到多好。陈香梅的性格中的刚性，也许早已有之，也许是丈夫对她潜移默化的影响。

"在佐治亚城大学找了份工作，做一个小部门的主管。副手是一个白人，男性，当时只有一个停车位。学校没有给我，而给了我的副手。当时美国正值总统大选，民主党、共和党都在争取少数民族的支持。两个党派都来邀我入党。"陈香梅说，"谁能够把车位给我拿回来，我就加入哪个党。最后，共和党首先帮我抢到了车位，所以我就加入了共和党。"她从车位之争开始，慢慢跻身美国政界、商界。

两弯高飞的眉毛，惊悚地直飞上云霄。这是面逆风招展的旗帜，陈香梅的眼角眉梢，飞扬而自由，她的天空之下，精彩依旧。

四／社交女皇

1958 年 7 月 27 日，陈纳德将军去世。

尽管只有短短 10 年婚姻，陈香梅说："和陈纳德相爱的 10 年，是我们都深爱对方的 10 年。我再也不会结婚，可是我有自己的感情生活，因为生活有很多乐趣。"

1980 年，与郝福满（Irving Kaufman）开始新感情时，陈香梅表现得毫不避忌。她认为，生活还要继续，还有很多乐趣。

她打造了一段自己的传奇，当她成为一个单亲母亲后，在她不愿意投靠亲戚后，她并不相信女人就该认命顺从地生活。

生活不会真的就此拐入死角，没有转换的一刻，除了两个可爱女儿，她还有她至今没有放弃的梦想，她必须要将这一切都记录下来，她要告知世界她的整个故事。

陈纳德去世后，她白天在佐治亚城大学忙碌，深夜挑灯疾书，整整一年的耕耘，她写完了《一千个春天》，在自序中她写道："它是一本日记，有着多少页被失落了，多少页被遗忘了；然而，它响彻了一个女人的欢笑与悲哀。这个女人为爱曾献出她的一颗慧心，整个灵魂，并深知她已获有爱的报偿。"

1962 年的暮春，美国纽约和中国台湾分别以英文和中文出版了传记文学《一千个春天》。烽火连天的大背景，缠绵悱恻的生死恋，立刻引起读者的关注和喜爱，使这本书成为当年最受欢迎的畅销书，一年之内，就销了 22 版。

　　《一千个春天》，是陈香梅自传中最难忘的一段。学者林语堂为书作序，赞叹：

　　"它是少数珍贵书籍中的一本。""是片段的回忆，是生活的琐事，有温暖、有感情、有柔情，是他们伟大永恒的恋爱生活史。在它朴实和珍爱家庭琐事的忆念艺术中，它使人想到那本不朽的名著《浮生六记》，那也是一个永恒不变的爱情故事，是一位平凡的中国读书人，在他妻子死后写成的。"

　　整本书是陈香梅用电动英文打字机敲出来的，寻求出版时屡屡遭拒。

　　1962 年 5 月完稿后，陈香梅颇自信地交给纽约时报出版社出版，这是一家大出版社。但出版商审读后，为难地摇摇头："这种纯情的作品，在美国是没有市场的。"20 世纪 60 年代，世界大动荡，性解放让西方人从战后传统、保守中解脱出来。

　　这让她深感沮丧，泣血之作不过如此。大出版商又说："这样吧，如果您愿意，我给您介绍另一家出版公司，规格可是中级的。"她点头说好。

　　某夜，突如其来的电话铃声惊醒梦中人："我叫艾诺逊，纽约出版公司。你的书稿就在我手上，我刚看完，希望替你出版，你怎么说？"对方的口气听来似也很惊喜。

文字付印，美梦刚做了一半，她感到又近了很多。

《一千个春天》率先在纽约出版，倍受读者青睐，一版再版直至十版，成为1962年《纽约时报书评》的十大畅销书之一，一时洛阳纸贵，争相传阅以后，多种中译本，还有韩文译本和日文译本纷纷出版，东方读者的共鸣感自然更强烈。

美国人仿佛这时才注意到，陈纳德将军的夫人安娜，还有一个中国名字叫陈香梅。

她扬名了。

美国有一百多个参议员，全世界只有一个陈香梅。

她前后担任过8位美国总统的顾问，在天下第一名利场华府，她是"暗香自是苦寒来"的梅枝。

事业与爱情，孰重孰轻？

他就是她后来的男友，美国国际合作委员会副主席、美中航运公司董事长郝福满。

曾作为美国飞虎队机械师的郝福满，早在1970年就结识了陈香梅。

赫福满说："36年了，比你这个小姑娘还要长，一直共同工作，共同战斗。"回忆起初次与陈香梅的相识，郝福满有点俏皮地说："直到1980年我们才开始交往，我一直很爱她，爱她的美丽，爱她的睿智头脑，爱她的可爱，她是一种很'pure'（纯粹）的女人，坦荡不矫情。"

在谈到这位相恋20多年的男友时，陈香梅说："他是一个出色的企业家和机械工程师。没有感情的生活是枯燥的，每个人都应该掌握自己的感情生活。因为，生活需要继续，生活还有很多乐趣。"

生性开朗、爱交朋友的陈香梅，社交生活一直很丰富。

"我们俩生活得比较愉快，每天还上班的，礼拜一到礼拜五，每天九点钟上班，下午六点钟下班。周末就跟朋友打打桥牌，唱唱歌，跳跳舞。我自己还每天跳绳呢。有时候还跳跳舞，唱唱歌，我是五音不全的，可是喜欢唱，他（郝福满）说你不要唱了，出丑，可是我还是喜欢唱歌。"

曾拥有的感情不管有多完美多罕见，当它要走时，我们无能为力。《爱情故事》中的那对恋人，从学生时期的吵吵闹闹，到毕业时小心翼翼地挽留对方，然后是男方父亲的阻挠，男方和家里决裂，他们在每次争吵后更了解对方，似乎除了对方再没有更合适自己更了解自己的人，当女孩不幸去世后，已是名律师的男孩，独自承受着失去她的创伤。

残缺并非意味不完美，没有缺口，怎会体会到美的转角。

陈香梅承认，丈夫去世后她有过很多男朋友，她是一个一直都有爱情滋润的女人，情感没有"空窗期"。

我们历来的观念是好女人、伟大女人必须"忠"，无论任何状况下都要"忠"和"不移"，无限拔高空泛的伟大主义。陈香梅坦白说：女儿方面是次要的。她没有再婚之念，纯属信守承诺。她曾向陈纳德许诺：死后合葬。陈纳德在美国阿灵顿军人公墓等着她，她百年后要傍他而葬，男友"不能够接受就走路"。

因为真实，可爱的女人更生动。

男友原名赫夫曼，是她为他取了个中国名"赫福满"。曾是美国飞虎队机械师的赫福满，见证了她和飞虎将军的甜蜜婚姻。

当年陈香梅和陈纳德结婚时，他便请求她继续做中国女人。

张爱玲说，每个人都住在自己的衣服里。重彩妆容、华丽服饰便是她为自己精心打造的"别墅"，一座巍峨的精神大厦，营造一个积极喜庆的气场。

"没有爱情的生活是枯燥的，"陈香梅说，"一个人一定要多交朋友生活才快乐，也一定要有感情生活，那样才幸福。我希望每个人都有感情生活。"

她是值得被爱的幸福女人，用心付出、坦然接受。

现代人觉得千难万难的感情、相处，在陈香梅的人生哲学看来：大可不必如此固执而焦虑。

荒废大半生，徒然蹉跎，错过一生。

第八章

周　璇

一 / 她唱出了一段玫瑰人生

> 我和李香兰共同喜欢一个人的歌声，她就是周璇。我知道，
> 李香兰是因为崇拜周璇而走上了歌唱道路。
>
> —— 张爱玲

常德路，位于市中心的静安区，是上海标准的上只角，文艺气息从 20 世纪初逐渐释放。三四十年代时，在这条幽静的马路上，一对文艺双姝同年诞生，先后璀璨：一个是周璇，她是明月歌舞社的小演员，另一个是居住在常德路上常德公寓里的张爱玲，常德公寓就在明月歌舞社的隔壁。

周璇的名字和爱玲一样，代表着老上海的海派情调。虹口区的文化街多伦路上，至今能找到周璇的大海报，她对着镜头浅浅而笑。走几步转个弯是山阴路，鲁迅曾住在那排红砖红瓦砖木结构的三层新式里弄楼房里。

民国那些年，女人比男人更有吸引力，女明星更是如此，尤其身世飘零的单身女明星。不是这个世界见不得好，而是尤其喜欢的却偏偏感情上惨败，古今中外皆是如此，即便奥斯卡影后也

难逃离婚的下场。

周璇，本名苏璞，出生常州，被抽大烟的娘舅卖到金坛县，改名王小红。王家夫妇婚变，她被送到上海周家，改名周小红。七八岁时家里境况十分窘迫，养母去外国人家里做保姆，对这段生活周璇回忆说：

> "养母被迫去帮佣度日，那个被鸦片熏黑了肚肠的养父竟丧心病狂要把我卖去妓院当妓女，幸亏养母及时搭救，才免去我一场更大的灾难……那时，日子越来越苦，往往饿着肚子呆呆地坐着，口水直往肚里咽……"

养父周文鼎吸毒被捕后，工部局炒了盘鱿鱼给他。失业后，养父更是变本加厉，每到月底便去找住在虹口区的大老婆要钱。一年后养父长子周履平突然自杀，次子周履安不想念书，想当明星。

二哥周履安不但踏入了电影圈，还是默片时代的大明星，周履安负担了一大家人的生活，根据当时报纸介绍：

> "胡蝶只不过是一个配角的时候，周履安和四大明星之一的张织云，已是银幕上的一对情侣，他的潇洒风流，聪明和努力，使每个导演都非常愿意导他的戏。"

与电视剧《周璇》不同，周璇的这个哥哥不是天生的傻子，他对妹妹之后进入影坛产生了很大的作用。当年周璇写给《万象》

杂志的文章记载："我有个哥哥叫周履安，他是我养父所生，曾演过话剧，在明星公司拍过戏，和袁牧之是朋友。袁牧之在明星公司导演《马路天使》时，他提议向艺华借我客串演出，这是因为剧中人适合我的个性，他估计我能胜任这个角色。当时明星和艺华说好条件，由明星借白杨给艺华拍一部戏。艺华答应我在明星客串一部戏作为交换。"

有个这么了解妹妹的哥哥，周璇的童年虽说充满颠沛、不幸，至少还有个喜欢、爱护她的人。周履安之后淡出了电影圈，他拍戏时从马上摔下来，脑神经受到压迫，记忆出了问题，周璇结婚前周履安抖搂了这个秘密。

周璇在一篇名为《我为什么出走》的文章中写道："6岁以前我是谁家的女孩子，我不知道，这已经成为永远不能知道的渺茫的事了！"

12岁进入黎锦晖创办的明月歌舞团成为艺人，由她主唱的《民族之光》中有句歌词"与敌人周旋在沙场上"，黎锦晖提议她改名为"周璇"。

1912年出生的严华与周璇年龄相差8岁，在歌舞社里初相见，缘分将他们拉近。周璇刚进入歌舞社时，只是个不起眼的小丫头，严华已然是歌舞社里的大哥哥，他生长在北京，说一口好听的京片子，穿一身西服，高大、白净，眼眸温柔。

严华的出现，满足了小女孩对白马王子的诠释，他处处照顾她，为她打抱不平，父爱缺失的周璇，把他当作自己的保护神。严华在《难以淡忘的回忆》中写道：

"周璇刚进明月社时，既不会讲普通话，更遑论音乐的哆来咪和弹钢琴了。但她的求艺欲和进取心很强，开始跟黎锦光学基础音乐，跟章锦文学弹钢琴，还跟我学普通话。"

周璇则写道："几年来的枯燥乏味的日子渐渐在我眼前泯灭，感到心灵上有了点滋润，生活上有了着落，也因为这层关系，我对严华的好感逐渐增加起来。"

少女时期，女孩喜欢第一个对自己好的人，她跟着严华兄妹一块遛街，看中一条非常漂亮的领带买了送给严华。严华是才子，会作曲、唱歌，与周璇对唱一首《桃花江》，使他在当时小有名气。

两人多年的感情，只换来3年的婚姻生活，周璇除了一段破碎的婚姻，连带丢失了自己的孩子。1937年一部《马路天使》，将她推向了事业的巅峰，此后她出演的电影必须要唱歌，观众冲进电影院不单单是看戏，更因为她的歌，她在电影里唱过的歌很快便风靡大街小巷。

人们总是说，女孩事业心不要太强。言外之意是事业心让女人最终失去幸福家庭，女人没有事业难道一定家庭幸福？让她依靠严华，也不过3年，即便她不当女明星，她养父母的家还要靠她赡养，严华能负担起她背后一大家子人？她成名后依然和养母住在一起，她很孝顺自己的母亲，登报寻找亲生父母亲，花了很多钱找线索，每次那些跑来说她就是自己女儿的人，一说到验血认亲后都消失得无影无踪。

女明星的光环下，她不过是个普通想要幸福的女子，银幕前她灵气，惹人喜爱，比不得她心爱之人的万分之一。风光背后的种种不幸，她不能对人言，失去和严华的孩子后她还必须赶通告、灌唱片、拍电影，婚姻在小报大肆渲染下走到了尽头。

1938年，周璇拍完《马路天使》后的一年，彼时声名鹊起，她是炙手可热的女明星，才18岁的她，前程锦绣，嫁给了严华。照片上，有着桃花太子之名的严华笑容淡定，小璇子幸福满溢，她嫁给了自己最爱的人。

两人早在1936年秋已订婚，身为明月社副社长的严华当时要去南洋巡演，临走前周璇请严华来家里吃饭，将记录自己少女心事的日记本给了他。

"从我为她打抱不平起，她就爱上了我，我心里十分激动，我连忙写信给她，发去了爱的回音。"

严华在1986年回忆文中如是说。

爱情之初，都以最美最好的姿态夺人心神，以至于当相爱过的两个人分道扬镳后，感叹人生若只如初见的纯粹美好。

1938年秋，周璇加盟了国华影业公司，老板叫柳中浩，她刚加入歌舞社时柳中浩便要认她做干女儿，他自己比周璇大不了几岁，相隔4年，今非昔比的璇子俨然成了他眼中的摇钱树。周璇念他是旧时相识，便和国华签下了长期合同。严华则很不喜欢柳中浩这个人，一眼看穿他的为人阴险。怀有身孕的周璇原打算和丈夫去爵士社演出，柳以合同为由阻止她前往，这件事也导致了周璇的流产，随后柳得知可以从周璇的演出分红，立刻命令她登台演出，经历丧子之痛的周璇最后昏倒在了台上。

这段伤痛的经历，也为他们后来的离婚埋下了伏笔。

1941 年周璇在《万象》杂志上写下《我的所以出走》：

"从此，我决定了我以后的命运：我开始以歌唱为职业，并认识了严华。在当时我把它称作生活的起点。在明月社里，我和许多人由陌生而熟悉起来，严华便是其中一个。我每天陶醉在音符飘浮之中，过着嘻嘻哈哈的自由生活。"

这段感情，带给她人之初的温柔与心动，也让她尝尽男女之情的风云突变。3 年后，才 21 岁的周璇，经历了离婚、丧子之痛，同时代的张爱玲还刚刚因为太平洋战争爆发预备回上海。

二／老上海风情的好莱坞

埋在旧胶片后的温馨和动容，让时光倒流80年。

经典之作《马路天使》拿到今天看，仍然会被主角们的纯真和生动深深打动。

小时候，我一直以为在那个年代，连阳光和空气都是黑白电影中的阴郁不散，人和人之间的纽带不戴着镣铐作秀时，那一定是照着样板戏荒腔走板地演着，想来，那时是多么天真。

1935年，周璇进入电影圈的这年，也是阮玲玉自杀的那一年。袁牧之和赵丹及当时另外三个好兄弟，经常聚在明星电影公司附近的小酒馆里喝酒聊天，《马路天使》的剧本就是在5人闲聊中诞生的，他们在剧本中加入很多生活化的小细节，他们喝酒的小酒馆是当时很多下层民众聚集的地方，报贩、拉黄包车的、三流妓女等。按现在的角度看，这部片子是新写实电影的先锋。

编剧兼导演袁牧之认定小红一角非周璇莫属。电影由明星公司出品，周璇当时属于艺华公司，袁牧之像个赌徒，说服老板以白杨交换周璇，并约定各为对方拍一部电影。《四季歌》和《天涯歌女》是田汉和贺绿汀根据两首苏州民谣改编的，两个天才把一首娓娓动听的《四季歌》改编成充满家国情怀的歌曲，袁牧之甚至在电影中将这首歌拍成了MV。周璇让《天涯歌女》这首歌流传至今，她成了第一代影、歌两栖明星。

相隔80多年后，在黑白电影里翻出了当年那部《马路天使》。

即便没完整看过这部电影的大众，也看过或听过周璇（饰演小红）和赵丹（吹鼓手小陈）在阁楼的窗口上，一个长相俊朗的男青年，穿着海军条纹的上衣拉二胡，一个青涩腼腆的小姑娘唱起那首红过了五分之四世纪的《天涯歌女》。这首歌此后无数次被翻唱。她是典型的上海弄堂里的小姑娘，与月份牌上的美人不同，与民国的名媛、名太、社交女王都不一样。这歌，这小姑娘，就是老上海平民最真实的写照，没有富丽堂皇的烽火情缘，没有舞池的谍战惊险，过着老上海底层民众的日常生活。

动人心魄的眼神被镜头巧妙地捕捉到，赵丹看她的眼神柔情脉脉，他俨然就是片中爱慕她的小陈。周璇有着和小红相似的身世，角色仿佛为她量身打造，她像小孩骑竹马一样，完全信任袁牧之的指点演戏。前后两个版本的《天涯歌女》，前者的打情骂俏，后者的哀怨，都被她诠释得淋漓尽致，借酒浇愁的一幕已然超越了角色本身，他看着小红的眼神分明不是演员赵丹，他就是小陈，小红的归宿。

民国戏随着民国的电影人凋零后，民国形象逐渐成为以后港台式的意淫堆砌。孙道临导演的电影《雷雨》中，主、仆的穿搭，阶层分明——繁漪身着一套套袄裙，20世纪20年代中晚期的倒大袖；佣人的衣服为上衣和下袄裤；男性西装、长衫搭配自如。后来拍的《雷雨》基本上都是旗袍，开衩到大腿，大家闺秀穿得像个舞女，或者泡面头搭配莫名其妙的洋装。

周璇是邻家小姑娘，一推开窗，她正逗着笼子中的鸟，偶尔会哼支清甜的小曲。生活充满艰辛与不易，却是实实在在的悲和喜，没有贵族式的，没有喝过洋墨水，生活在摩登年代，不见得人人都去百乐门勾凯子。

《马路天使》在今天仍然如此动人心魄，在当时要引起多大的轰动？赵丹那么年轻，才22岁，一登场时穿着身军装，清瘦的外形顿时英气逼人。他军帽偏不戴齐整，很有些文艺青年叛逆的腔调，一群狐朋狗友围绕。脱下光鲜的军装，里面是衬衫的一个领头，这大概就是上海最早流行的"假领头"的鼻祖了吧。

小陈另外的4个把兄弟，有同室的报贩老王（魏鹤龄）、剃头匠（钱千里）、失业者，一窝杂牌军在太平里过着他们的小日子。女房东见到小陈时拿手去贴在他嘴上，这动作好突兀，连好兄弟都看得出来女房东对他有意思。

可当他望着楼上的璇子小妹妹时目光那么温柔，保守年代里一个简单的拥抱，80多年后依然令人期待和回味。

一目了然的银幕情侣，像弄堂里的大哥哥和嗲妹妹，闹情绪、吵嘴、赌气摔门，俨然一对又爱又恨又淘气的小情侣。当吹鼓手发现小红和一个有钱的流氓在一起时，两人大吵，最后误会解除拥抱在一起，细心的观众会发觉赵丹抱着周璇时，嘴和鼻贴在她的头发上，这可不是镜头错位造成的视觉差，赵丹在亲吻她发丝，周璇的额发有点乱，她在他的拥抱中哭诉着要被家里卖掉，两人表情默默温柔，哪里有大难临头的愁眉苦脸，分明是撒娇嘛！赵丹饰演的吹鼓手真是发自内心地喜欢这个小妹妹，他们脸贴着脸时是那么默契。同样被称为赵丹代表作的《十字街头》，并没觉得赵丹和白杨有过这样的火花。

小陈和小红要结婚，剃头匠说送梳子，小红说不要，小陈问剃头匠要他耳朵上耳环当作戒指。好时髦的衔接，原来当时就已经有左耳戴一只耳环的潮流，饰演剃头匠的钱千里原本是场记，这部电影结束后他转身成为演员。

饰演小红姐姐小云的是赵慧深，一个女大学生扮演一个街上的妓女，整部电影甚至没有台词。小云也喜欢着小陈，老王喜欢着小云，给她递烟、点火，她是老王心目中的天使。赵慧深一生只演过这一部电影。

电影《马路天使》之后，赵丹和周璇没有再合作，也没有交集。

小时候看黑白电影，里面充斥着抗战、谍战的绝对正面形象和绝对反面形象，貌似那个年代所有人都处在水深火热之中，说话、做事、思想都是土里土气的话剧腔，还没脱离默片时代的夸张痕迹。

一部《马路天使》改变了很多人的命运，每个人都是一部传奇，当时怎知这个在小酒馆里闲聊出来的剧本，居然成为中国电影的扛鼎之作。

现在的上海依然有不少类似的房子，住着很多普通民众，白天上班，晚上搓麻将、遛狗，早没了闲情雅致在窗口拉琴、逗鸟。几年前，在家附近有一排石库门房子，楼上有很大的椭圆形窗框，大热天里，两个大老爷们光着膀子在窗台前下象棋，老式的电扇，窗下来来往往的行人偶尔抬头看一眼。后来房子拆了，下棋的人也没有了。

一些时尚酒吧布置成后现代的老上海风格，有一回我经过，乍看以为是到了某监狱，大约是与现代艺术没共鸣，或者是创意太过前卫，人们独钟情于那个氛围，不求甚解，跟不上时代的节拍，不问也罢。

现实生活中的周璇，终其一生没有遇到她的"小陈"和她的归宿。

她后来几段爱情，是否也曾如初恋般美好，外人不得而知。她一心寻求真心以待，总是擦肩而过。她得天独厚地拥有美貌、演技、歌喉，任选其一已是难能可贵，她独占其三。上天有双温柔残酷手，给你最好的，也把最坏的都给你。

迈克尔·杰克逊去世时，很多人不禁问：给你他的一切，你能承受住他所承受的一切吗？这样的一生，你愿意交换吗？

很多人羡慕姚明有钱，姚明回道："你羡慕我有钱，我羡慕你有闲。"

风光体面的背后，是看不见的苦涩与悲伤，尤其是女明星，感情失败不能对人言，唯有保持缄默吞下一切。

三 / 我们还有长长的未来

把人家的过错来惩罚自己是世界上最傻的傻瓜。

—— 周璇

周璇说："我自幼爱听人家唱歌，耳音也好，常常跟着哼，一遍两遍，三遍四遍就能上口了，在学校里，我唱歌的成绩总是第一名。"

作家白先勇曾回忆道："我的童年在上海度过，那时上海滩到处都在播放周璇的歌，家家花好月圆，户户凤凰于飞。"《花好月圆》《凤凰于飞》这两首均是周璇主演电影中的插曲，每部戏她不仅要演，还要唱。

"花样的年华，月样的精神，冰雪样的聪明，美丽的生活……"王家卫的小资风格电影《花样年华》里有她的歌声。

一曲《夜上海》响起，眼前浮现起了那些摩登的男男女女们穿过孤岛时期的车水马龙，去十里洋场，在华灯初上时约了朋友，衣着光鲜地去跳舞、喝酒、打弹球——所有赶时髦人最不愿错过的消遣娱乐。街边的小摊上摆着最畅销的《良友》杂志，孤岛之

197

外的世界依然如火如荼。

她的歌声给孤岛时期的上海带来一抹不经意的抚慰。

小报记者的无孔不入和今天别无两样，明星们闪着钻石般光芒的鲜亮生活，是永远的焦点。离婚后的周璇仍然是小报的心头好，对她一些真真假假的绯闻，狗仔队只能靠捕风捉影获得。对感情持谨慎态度的周璇，过着平静的单身生活。

拍戏、演唱的收入，使她成为当时收入最高的女艺人，她不必依靠男人就能很好地生活下去，才 20 岁出头的她已名利双收。恢复单身的她，也许在当时很多人看来是个新的机会。她有成为贤妻良母的潜力，经济独立，有过失败婚姻的女子更渴望一份安定踏实的感情归宿。

在朱怀德之前，她的生命中曾出现过一个叫石挥的男人。感情最耐人寻味之处便是，才起了个头，便再没有下文了。张曼玉有次在接受采访时说："最让人回味的爱情就是还没有爱够就戛然而止了。"

我们追问前人甚至古人的感情生活，因为这是亘古不变的道理，可即便如此，至今仍然叫人费解。

白马王子并非踏着五彩祥云而来，也不及"小陈"帅气会耍宝，甚至还木讷不会打扮自己。周璇在日记中写道："对这段感情既兴奋又恐惧，但心里知道这是个能够托付的男人。"

一个是"金嗓子"，一个是"话剧皇帝"，神交已久，不曾相识，直到某天他们在一家绸布店的开业典礼上遇到。感情这回事，有得不到的伤感，也有患得患失的忧伤。周璇面对小报的打探打起了太极拳，跟任何时代里的女明星一样，最初都遮遮掩掩。

若即若离之间，缘分又再一次将他们拉离，难怪很多人闪电结婚，也许一部分原因是担心错过便过去了。那时候，周璇往返上海、香港两地拍戏，追求了她有8年之久的朱怀德更是追到了香港。她曾对人说，以后要找不找圈内人，要找做生意的人。她大概是有些赌气石挥不及朱怀德的猛烈攻势。看到绸布商小开朱公子的殷勤爱慕、端茶送饭，在她腿骨受伤后又呵护备至，离开那个大男子主义前夫的周璇，也在犹疑之中。

　　她去香港拍戏之前，曾托石挥代为照料家里，可见感情不一般。朱怀德追了她七八年她都没点头，可见她在感情上的审慎。她和石挥合作过一部电影《夜店》，两人曾订下婚约，接着她飞去香港拍戏，当时她的片酬差不多是10根金条一部戏。

　　各种绯闻报道连篇累牍，一边是石挥的桃色新闻，一边是朱怀德的觊觎，彼时的她还被医生确诊患有忧郁症，拍完戏她整日将自己关在房内，除了工作，在她身边可见的"家乡人"只有朱怀德。不论这个男人后来是怎么不待见，在周璇身边的圈内友人中，朱公子被描述成了骗财骗色的"拆白党"，周璇一度接受，或许是她寂寞，或许是他的长情打动了她。

　　前夫严华和老板兼干爹柳中浩交恶，在那场离婚中柳干爹扮演了一个浓墨重彩的角色，他顾虑周璇听从严华，从而脱离他的掌控，积极鼓捣两人离婚，甚至对周璇说出严华在外另有女人。当时和周璇因戏结缘的韩非也被爆出绯闻，原本感情危机四伏的两人，争吵不断，她从家里逃了出来，被小报记者描绘成"周璇卷逃"，受不了这一刺激的她在小旅馆吞下了整瓶镇静药。

　　很多名人患有忧郁症，因童年和生活的经历，因人际复杂的文艺圈，她的世界又单纯又复杂得没道理。

艺人的世界千变万化，一朝离别，他日再见已不知是何情形，石挥写信给身在香港的她，让她快点回来。周璇看到小报上无孔不入地报道他的花边新闻，追问没有结果，隔了一年相见的两人，平淡得仿佛初识。

如果只是为了维护一份表面上好看的爱情面具，而苦了自己终身那也没什么意思。明明相爱，相对却无言，在各种传闻和揪心等待中，感情就这么转淡了，或者也不是转淡，没了当初的热恋，就以为不再相爱了。从被朋友们一致看好的绝配到聚少离多，最后摊牌，她要怎么挽留这个深爱的男人？他也因自尊心太强，没有说出口。

年轻时，以为放手一段无疾而终的感情是海阔天空，谁知，后半生却牢牢牵挂。

商人重利，朱怀德无论多么自私自利，能持之以恒地追求这么多年，周璇的心里也会感动。和石挥分手，朱公子却还在身边，当时他还没有被描述得那么不堪。很快，他们同居了，这段感情仅仅维持了几个月，商人的目的直截了当：人财两得，一箭双雕。得手后逃之夭夭。

后来，未婚先孕，周璇心里一定也很着急，妻子的角色不适合她，这次她一意孤行地生下了长子周民，成了母亲。

1950 年的夏天，周璇挺着大肚子从香港回到上海，朱怀德面对周璇怀中的孩子反问"这孩子恐怕和你自己一样是领来的吧"。女明星一旦有把柄被握，就会被一度亲密的人反咬一口。从各方的佐证中，朱公子果真是否坐实是骗财骗色翻脸不认账的小人，有待考证，但他在追求周璇的同时不改花花公子本色，怕也未必是光明磊落的正人君子。离婚后独自在电影圈打拼的周璇，也不再是初出茅庐的小姑娘，她能拒他8年，可见她心里是挣扎再三难下决定的。

以朱怀德的身家，骗财或许并不尽然，但他想娶个能赚大钱的漂亮老婆招揽他的绸布生意倒是极有可能，但在香港到底后来发生了什么事，知情者们都三缄其口，包括大儿子究竟是不是姓朱也被作为周璇的遗愿不对外公开。

1950年9月16日，她生下了自己第一个孩子周民，当时的朱公子与原配尚未离婚，在她之后又跟一个舞女同居，并有了孩子。往日白净、斯文的形象原形毕露，他矢口否认骗财骗色，更否认孩子是他的，并提出验血认亲。

现代的女明星在嫁入豪门之前，都听过不少类似的话。这些话像钉子一样扎进周璇极度敏感而脆弱的神经。这一次，她登报声明宣布正式与朱怀德解除同居关系。朱怀德后来被判入狱，所骗财物也被追回。

经过这事，周璇认为一切都晚了，她给香港好友李厚襄的信里写道："所有宝贵的名誉也坏了，下半世等于完了。"

1951年拍摄电影《和平鸽》，周璇扮演一个护士，一场验血的戏使她彻底神经崩溃，连哭带笑大闹开了，后来她被送进上海精神病疗养院。在拍摄电影期间，她和画家唐棣结识，这是她生命中出现的最后一个男人，最终以一场官司收场，唐棣以诈骗罪和诱奸罪被判刑三年，周璇有了第二个儿子周伟。

葬身在时代风云诡谲中的人情世故，拨乱反正的结果是竹篮打水，谁也不知周璇拍片多年的积蓄怎会被"周璇财产管理委员会"接管，以当时周璇的收入连梅兰芳都比不上，在她因病入院后曾有许多来自海外的汇款，最终都不了了之。

唐棣有国民党背景，他早年与人同居的事在法庭上又被挖了出来，百口莫辩，坐实了朱怀德第二。

在周璇之后，1956年唐棣因引诱女学生被判刑入狱，平反后一直独身，去世前几年才娶妻照顾生活，生活想必很是凄凉。

周璇终于见到久违的石挥是在银幕上，电影《光辉灿烂》，身在病院中的她日记里写下："好久没有看见石挥了，他的演技永远使人喜欢。也不知道他人在上海还是在北京，因他告诉我要同童葆苓订婚了呢！很使我难过，当然我愿意他能幸福，我们的友谊之爱决不改变。总之，只有我自己对不起人家，没有别的话好说，永远回忆着，自己难过吧，活该！"

他们没有相守的缘分，却于同一年去世，1957年9月周璇因急性脑炎在华山医院去世。追悼会上，她生前文艺界的朋友都出席了，单单没有石挥的身影。那时，很多公开场合他已没资格出现。后来，石挥失踪了，再也没回来。有天，人们在吴淞口的海滩上发现了他的尸体，他跳海自杀了。

一个37岁，一个42岁，错过彼此的年华，同一年共赴那个冰冷世界，仿佛早已约定。

四 / 天涯与歌女

　　1947年，上海《电影杂志》的记者采访周璇："很想知道你对过去所演的影片，觉得哪一部最满意？"周璇谦虚地回答："我都觉得不满意，不过……《马路天使》最值得我怀念，因为许多朋友都喜欢它。"

　　赵丹眼中的璇子：

　　记得第一天她到咱们摄影组来的时候，穿的是一件淡蓝色的"阴丹士林布"的旗袍、平底带襻的黑皮鞋，剪得短短的头发。既不像女学生，更没有演员和明星的风度、气味。而当导演引着她向我们做介绍时，她低着头，不敢用眼睛正视咱们这几个所谓"大明星"的脸，只向各位深深地一鞠躬。当然，我们谁也不会请示她，而是深深地喜欢上这个极其不起眼的天真无邪的小丫头。

　　当编导袁牧之讲剧情和阐述导演构思时，她——周璇，总是缩在角落里，瞪着一双大眼睛，眨巴眨巴地，就像个五六岁的小女一样，贪婪地听着大人在讲故事。她是那样地感到新奇，那样地全神贯注。……一会儿笑了（并且笑出声来！）一会儿又缩起脖子给吓住了，……一会儿眼泪涌现在眼眶里。逢这样的时候，我总是偷偷地瞄她一眼（特别欣赏她的反应）。有时偶然她觉得我在注意着她，于是她立即有意识地收敛起适才的表情，眨眨眼，装出一副大人应有的严肃的表情。可是不一会儿，她又被故事情节所吸引，忘却了世俗社会的一套成年人的矜持；又立即还原于她的孩童的率真和本色，而沉醉，而又入迷了……

有谁想得到，就是这样一个和小孩子打玻璃弹子，无忧无虑的"小丫头"周璇，在《马路天使》的影片中，如此深刻地体味到角色的心灵和性格的核心，并且如此准确地掌握了镜头的分寸感，成功地塑造了一个丰满而具有魅力的典型的"歌女"的艺术形象呢！

尽管那时她才十五六岁。我也是逐渐才明了她的身世——她是孤儿。自己的生身父母出于饥寒交迫把她卖给了人家。而后几经折磨又卖到歌舞班了，当了歌女，流浪江湖，小小年纪尝尽了人生的辛酸。在我听说这个玩玻璃弹子的十六岁的小丫头，当时竟已是一个歌舞班班主的占有物时，我愕然久久。花花世界的牺牲品——这种残酷的现实社会生活，和她未成熟的年龄的率真、善良的天性相悖，剧烈地搏斗着。于是过早地导致了她对生活的本质的体验，促成了她对艺术上的早熟的直感。

可惜的是：拍完这部戏，我们与周璇就此也分手了。抗日战争爆发后，"八·一三"炮响，我们离开了上海到内地去做抗敌救亡宣传工作。那时候我们还都太年轻，还不会做人的思想工作（包括袁牧之在内），谁也没去和周璇主动联系过、动员过她，而把她一个人留在了孤岛——上海滩了。

我再见周璇，那已是抗日战争胜利之后，我重新回上海的时候了。先是由作曲家陈歌辛（陈也亡故多年啦！）带口信给我。说是："周璇很想见见你。"我回想起周璇蹲在布景片后玩玻璃弹子的神情，笑了。但我们重又相见是在霞飞路一家跳舞厅里。那晚，她穿的是一身长长的黑色绸纱旗袍（大概是时髦的晚礼服吧）。也装饰了些项链、别针和钻石的戒指，披着长长的卷发。她和当年的周璇大不一样了，脸上的气色也显得黝黑，过分地抹了些化妆油彩，虽然掩盖了眼角的鱼尾纹，但却掩盖不住她的疲惫和忧伤的气质。我们两人都努力地寻找些恰当的话语，但都又十分艰难。我已记不清楚到底如何开始又如何结束那次会面。只清晰地记得她无限感慨地说过一句话，是在我问起她这些年拍了些什么样的片子的时候，她说："不要提了。没有一部是我喜欢的戏。……我这一生中只有一部《马路天使》……"

赵丹对周璇这样评述时，"小妹妹"已经去世了，终年37岁。在璇子去世前3个月的一段纪录片中，她完成了她生命中最后一次演出。

从赵丹说到16岁的小丫头已是歌舞班班主的占有物这段话，能看出他对当时周璇身旁的这个男人是很不满的。

她住院后，很多影迷歌迷都非常关心她，想知道她的近况，一些电影杂志上还会刊登她的最新照片和去《海魂》剧组探班。纪录片中她的"小陈"就在她身旁，穿戴整齐的璇子很紧张，眼神躲避着镜头，坐在她身旁的是赵丹，然后是上官云珠等。每个人的表情意味深长，上官云珠极力在微笑，制造出一种祥和、轻松的气氛。赵丹嘴角嚼着糖，躺在沙发上，仰着头看周璇，他似乎是在回避镜头，当她唱到"郎呀穿在一起不离分"时，他伸出了手，周璇握着当年"吹鼓手小陈"的手，镜头拉远了，再不能分辨他们之间的表情了。

周璇当时的恢复情况远不如纪录片中看起来的好，她甚至已不能自己穿衣、叠被子了，在暴风雨来临前的这个时候，片中每个人的心里五味杂陈。

小云的扮演者赵慧深在 1967 年 12 月 4 日自杀去世。导演袁牧之在七七事变后去了延安，中华人民共和国成立后出任电影局局长，再没有执导过影片。

赵丹后来说："比起《十字街头》，《马路天使》的表演风格比较统一，比较耐看。"

我八卦地认为，这种千难万难的契合和认同，是最值得一生引为知己的。赵丹在《马路天使》中表现出的生动、眉目传情，即使在他另一部代表作《十字街头》里都未出现过，他在他的"天使"面前恣意挥洒地表现自己，是最接近爱的灵感爆发。而周璇，她在镜头前完全凭感觉演戏，她的戏开演时，忽然找不到她人，赵丹无意间发现她和一个 12 岁的小演员在地上打弹子。16 岁的小妹妹，纯粹得看不清这个世界，在演戏、唱歌中她毫不费力地坦白，现实生活中她却回不来。

赵丹和她是同一类，两个都是文艺范儿，却仅仅流传了一部电影，后来他们是不是都感到很可惜？

两个如此心灵相通的人之间不曾动过心？有点可惜。21 世纪，在诸多狂轰滥炸的爱情电影中，法国电影《两小无猜》评价极高，看似漫不经心孩子气，处处设下让人感慨万千的细节，男孩朱利安对着心爱的女孩说："索菲，我最好的朋友。"两位主角多年后也修成正果，玛丽昂·歌迪亚凭借《玫瑰人生》成为奥斯卡影后，她的玫瑰人生延续到了戏外。

作为朋友，周璇是他最认同的，他们不约而同地认定《马路天使》才是部好电影，如果没有灵魂在某一时刻擦出的火花，两个只是在努力赶通告、完成任务的演员不可能打动一代又一代的观众，即便主角之间在戏外再无瓜葛，观众也会看懂两个发自内心彼此喜爱的人。

电影最初的女主角是白杨，她正当红，导演袁牧之像冒险家，起用还只是跑龙套的周璇换掉了白杨。赵丹觉得他这哥们疯了，可在拍摄第一天，他确信袁牧之的选择，还有这个小丫头。

追溯黑白影像里早已远去的人，穿越时光的神秘面纱，我们仍然能从影像中捕捉到人物之间无处不在的芬芳和怦然心动。

赵丹后来一直在寻找当时拍《马路天使》时那种迸发的灵感，而周璇认为她一生只有过这一部电影。

常德路上冒出来这对"文艺双姝"：张爱玲和周璇，曾受到当时上海市委宣传部长夏衍的注意和关心。张爱玲何其聪明，虽从不谈论政治，但敏感度很高，以完成因为战争中断的学业为由一走了之。周璇比爱玲听话，也想走却没有走掉。

周璇去世后，她的大儿子周民由赵丹一家收养，动乱的十年里，周民是家里的保护神，赵丹对他也是关爱非常，他后来去了《萌芽》杂志社做编辑。

她的一生中有没有遇到过一个如"小陈"般贴心的真心恋人？

要是做个平凡人家的小女儿，拥有虽清贫但踏实的一生，她愿意吗？

她光辉灿烂，太早得到了当时无人能及的名利和荣誉，名利场上谈感情，何其奢侈的事。她的前辈阮玲玉在她踏入电影圈的那一年，与那个名利世界决然告别了。

我想起有天在回家路上突然顿悟的一句话，一个天才诞生后，接下来所发生的一切事就是怎么毁了他/她。

第九章

黄柳霜

一／洗衣房里走出个华裔女星

某天在报纸上看到一则报道：被宋美龄封杀的女明星。

难道女明星看上了蒋中正或者她是张学良不知名的秘密恋人？答案：都不是。

她是黄柳霜，英文名：Anna May Wong，1905 年 1 月 3 日出生于天使之城洛杉矶唐人街花街 351 号（Flower Street），一个充斥着华人、爱尔兰人与日本人等外来移民的街区。1910 年，黄家搬到大多数人口为墨西哥籍与东欧籍的菲格罗阿北大道 241 号（Figueroa Street），黄柳霜和姐姐开始在街区的公立学校上学。

谁能想到，有一天她以华裔女星的身份受邀前往好莱坞中国戏院敲下第一颗铆钉。

2005 年，是黄柳霜百年诞辰。有天看电影《天堂口》，舒淇饰演的露露兴奋地对吴彦祖饰演的阿峰说，天堂口夜总会里有两位女星，一位是胡蝶，另一位是黄柳霜。老上海时期很受崇拜的女星，崇拜者中还有黄的同行。

这年，还是另外一位重量级巨星的百年寿辰，葛丽泰·嘉宝。在她的家乡瑞典和从影地美国，全球影迷们以各种方式怀念她。

黄和嘉宝是同岁，同年不同命。拿她们做对比，悬殊得厉害，几乎没人不知道《茶花女》的扮演者嘉宝，张爱玲对她亦是推崇备至。黄柳霜，即便她顶着首位闯入好莱坞华裔女演员的身份，但此身份却不能给她增添半分光辉，国内国外各方报道提到最多的首位闯入者，是功夫巨星李小龙。

李小龙、成龙、吴宇森做到的，黄柳霜早在半个多世纪前已经做到了。她是洗衣房老板的女儿，银幕上又以妖艳、女奴、惨死形象示人，被美国当时的主流社会所排斥，同样也不被国内舆论认同，视为羞辱。

她和嘉宝同以"外国人"身份单枪匹马闯好莱坞，同样终身未嫁，没有丈夫、子嗣，更同样被外界质疑女同性恋的身份。当嘉宝跟着启蒙老师莫里斯·斯蒂勒来到美国，在这座世界的梦工厂引起震惊，主演了几部电影后很快被奉为女神时，土生土长的华裔黄柳霜依然未能摆脱被嘲讽、被刻意曲解的命运，陷入感情、事业两难的困境中。

好莱坞会给一些"新鲜血液"以机会，换换观众的口味，但只有本土和欧洲演员才是真正的主力军。嘉宝来自瑞典斯德哥尔摩，她的美闪着光辉与圣洁，扮演了一系列妖艳、风尘气的角色。西方媒体、观众并不会以为整个瑞典女性都是如此。但对黄柳霜而言，她的角色代表西方人认定的种族属性，扩大至整个华人群体。

黄柳霜的出身和嘉宝差不多，她父亲黄善兴告别在中国的妻子，回到美国，在洛杉矶华埠外围开了家洗衣店，家里8个孩子，她排行第二。嘉宝生在贫困的工人家庭，14岁时父亲去世，被迫离开学校去百货公司打工。

黄善兴曾让第一任妻子李氏去美国，当时正值美国排华势力高涨，宋氏三姐妹宋霭龄入境美国被羁押两个星期。李氏拒绝了黄善兴的要求，让他在美国另娶一个，但需要定期汇钱给她和儿子生活。黄善兴在加州华人社区中找到理想的妻子，黄柳霜的母亲李恭桃比父亲年轻很多，母亲娘家人早在排华势力高涨前离开美国定居云南，此后再无联系。在白人看来即便是出身富裕阶层的华人女子也有卖淫倾向，这一种族观念被搬上银幕，以使白人劳工阶层对华人产生恐慌。《佩奇法》涉及所有中国女性，即便是体面的华人女子同样遭到被遣送的威胁。

于是，为了取悦白人男性为主的审美倾向，黄柳霜出现了，好莱坞将她局限在一道充满神秘感的东方风情线内，妖艳、邪恶、淫荡，不需要内涵，没有灵魂，满足猎奇和感官的欲望。同时，她必然承受着来自母国最严厉的拒之门外。

她去世半个多世纪后，外界仍然没有机会真正了解她，被打上侮辱华人的标签后，她静静地深埋在历史的夹缝中，无法为自己的境况辩护。

她的经典造型是一头乌黑浓厚的齐颈短发，和同时代的艳星 Louise Brooks 一样留着厚厚的额发，直垂在一双神秘的黑色大眼睛上，蜿蜒的细眉，高挑的眼线，唇线很好看，配上嫣红的口红，妆容艳丽娇媚，不必刻意对着镜头笑。加上她 170 厘米的身高，她拥有一双夺人眼球的大长腿，她是西方人臆想中的中国娃娃，她的 BOB 头造型，一直以来都是女性争相模仿的模板，她是这一时尚的缔造者。

早几年有个很红的女子组合，名字就叫中国娃娃，发型也是齐耳的 BOB 头，乌黑头发，大约灵感来自于此。

一组组高清晰的照片里，一身华丽衣裳的黄柳霜，姣好的身材被勾勒无疑。20 世纪二三十年代背景的电影里，经常能看到豪门美妇、富家千金们身着闪闪的连衣裙直垂到脚背，细细的颈项上挂着数串漂亮的珠子，走路时发出首饰相撞的细碎声。这款突显身姿、包裹在身上的连衣裙不是穿在每个人身上都合适，需拥有高挑的身材和充满魅力的体态。她抱着二胡，眼睛斜睨着一方，露出一双长腿坐在长榻上，表情就像邻家的漂亮姐姐。

照片中的她，鲜少展现笑容，眼神冷艳，性感中有尖锐，线条骨感，是我们现在极力推崇的清欲色，举手投足间散发出精致与性感。

东西结合的美，有一个演变的过程。与她同时代的中国女星放在一起，她太前卫太大胆，彼时的胡蝶、阮玲玉还只在电影中谈着纯情的恋爱，如似这般热辣地展示自身，只会招来口诛笔伐。东方女性的美，含蓄、婉约才是通行证。

在西方人眼中，她东方感和性感的风格，最早奠定了中国娃娃的概念。他们将她打造成眼神空洞诱人犯罪的妖艳女子。这点上，主宰好莱坞的老板们大多是男性，在一个男性统领的梦工厂里，最先得到满足的总是他们自身的愿望，他们拥有全世界的女演员，可将她们随意打造成符合他们理想的模样。

嘉宝在赴美拍的第三部电影《肉与魔》中扮演一个专门诱惑人的美女，男主角是 John Gilbert。她在经典之作《茶花女》里，扮演垂死的名妓。好莱坞不会放过任何一个有潜质的"荡妇"，就算你是嘉宝也不例外。当时瑞典人民做何感想？

《肉与魔》使嘉宝赢得了市场和业界的一致称赞，纵观她的生平，她也曾扮演一个又一个荒唐荡妇形象，卖弄风情，勾引男人，成为原罪的化身。

好莱坞不在乎女演员拥有怎样圣洁、清纯的外形条件，他们甚至不在乎之前你是干什么的，他们把要求告诉你，想留在好莱坞工作就照做，或者干脆离开。

嘉宝也曾扮演一系列伤风败俗、思想龌龊的愚蠢女人形象，戏弄每一个诚实男子，结局都是身败名裂。之后，她拒绝电影公司又安排给她的同类角色，回到瑞典。不同的是，电影公司对她妥协了。偶尔，好莱坞也会妥协一下。

张曼玉经常会出现在欧洲各大电影节上，在谈起与好莱坞的合作时，她显然并不积极，她太了解好莱坞的运作规则了，欧洲更适合她。黄柳霜在欧洲的三年，也证明了在好莱坞之外，并不是当时所有的西方人都带着歧视目光看待华裔女星。

中国娃娃的面具上，是一场东西结合的美学浪潮。现在来看，当时让人唾弃不屑的着装，是今天的时尚潮流，艺人们正争相效仿东方风情，并不理会这是多么大的误会。

好莱坞一贯热衷各种元素的混搭，糅杂美国式的潮流，在一堆似是而非的男性审美趣味下铺展神秘的东方风情，他们如此不费力气地拼接元素，信手拈来，并不在乎元素所表示的文化意义。在很多西方人看来古老东方国家的一切都是神秘而难懂的，他们随便怎么说，都有人加以合理化地相信。

黄柳霜的中国娃娃银幕造型，就此一锤定音。

20 世纪 60 年代，关南茜主演由美国派拉蒙电影公司拍摄的《苏丝黄的世界》，角色是酒店交际花。20 世纪 80 年代陈冲在好莱坞得到了第一个当女主角的电影《大班》，从清纯《小花》到《大班》中裸露演出，陈冲延续了前辈黄柳霜的哗然。多年后，她回答说：

"只有经历过这样一些艰难的时代，你才可以真正地发现你的人格和力量。如果这一辈子很年轻时就一直小心翼翼地生活，根本不会知道我其实还有这样的力量，所有的弯路都是有道理的。"

如今，网络信息的高速传播，使影视文化跨区域合作，影响力惊人，在享受文化融合、交流频繁的今天，一个形象上的折损都会带来难以想象的公关危机。我们用今天的眼光来看待黄柳霜留下的荧幕形象，或许是有失公平的。她放弃好莱坞给她的刻板印象，还有很多人排队等着，她没有选择的余地。但是，早已今非昔比的国内名流们，却依然甘之如饴地"继承"当初西方人强加给的东方风情，大众还要将此视为文化多元吗？

二／女人花

我有花一朵长在我心中

真情真爱无人懂

遍地的野草已绽满了山坡

孤芳自赏最心痛

那年，香港女星梅艳芳唱着这首《女人花》，歌词中的每个字都仿佛是软刺，扎在心上，和血融在一起。

看到一张黄柳霜晚年时的照片，觉得美人迟暮这样的话太刻薄，人都会渐渐老去，再美再优雅的葛丽泰·嘉宝也会在人们羡慕的目光中经受岁月的洗礼。照片上她一身深色外套，黑头发往后挽住，抱着黑猫，繁华落尽后的她是纽约街头一位普通的华裔女士。离开镁光灯，合上各种报道中的非议，她的眼神寂静而落寞。也许某天，她会在纽约的街头上与息影后乔装出来散步的嘉宝擦肩而过，一个是生性孤独，一个是追求一生却不得。

上天喜欢恶作剧，把好的拼命给一个人，却不被接受；拼力去追求的另一个人，则始终被拒之门外。前者难以感受到幸福，后者渐渐心灰意冷。

她的名字似早已寓示了生命悲凉的基调，柳叶只有在春光明媚下抽芽飘扬，经过寒风与霜冻的严寒季节，如何能和腊梅一样熬到暗香来？事业如此，连感情上也阻碍重重。风光表面下，满眼破碎的一桩桩伤心事，若是交换，谁愿意成为先驱？

黄家祖籍广东台山，她祖父是第一代赴美淘金的华工，凡此境况我们在电影中看到过不少，身着破烂衣服，不会英语，很多很多面目难辨的劳工每天做着超时的工作，他们通常聚在一起，受尽委屈依旧为了糊口要忍住。

华工在当时的地位，是底层的底层，比拉美人和黑人更低。第一代的先驱们要拼命打下基础为了后嗣子孙，到第二代黄柳霜的父亲黄善兴，他们一家已在唐人街开了间洗衣铺来维持生计。住在唐人街上的华人，大多一辈子守在这，平行于美国白人社会之外，同乡自成一体，生活是每天重复昨天的工作，恪守着上一辈的任劳任怨，赚钱、存钱、守家，教育好子女，不要惹事。

黄在来中国之前，中文也不会说，忙于生计的父亲有时会对她讲些中国古代忠孝仁义的故事，中式教育潜移默化地在她身上得到延续，她的大胆前卫中夹着身份的焦虑。

念书时，她和姐姐在学校遭到白人同学的欺负。美国校园就像种族歧视大聚会，校园枪击事件的背后无不反映出同样的问题。凭借《青春歌舞》脱颖而出的美国本土演员扎克·埃夫隆，在拍摄完《重返17岁》后，对记者说："重返高中？还是算了吧。"电影中美国高中生之间流行的整蛊，让人咋舌。

问题依然存在，黄家姐妹的遭遇也就可想而知了。孩子间的游戏有时比成人的更残酷，很可能就此打下烙印，在你最失败最一无是处时嘲笑你击毁你。

我们从小受的教育是：要听话，不要出头，不要闹事，不要冒险，更不要老想着玩；小孩要守规矩，尊敬所有的长辈，尽管他明明是错的也不能反驳。

白人同学喜欢扯她们的小辫子，男生用针扎黄柳霜，他想看看麻木的中国人有没有"痛"的知觉。她和姐姐不止一次被西方孩子欺负，她回家告诉父亲，黄善兴认为他们在美国社会的处境险恶，认清这些对他们再好不过。黄柳霜加厚外套保护自己，一直加到六件，春天来临后，老师要求她脱掉外套，她得了严重的感冒，发展成几乎致命的肺炎。

"反抗"这一观念，是许多美国人家庭教育孩子的重点，但在中国人根深蒂固的观念里，这从来不是一个明智之举，何况是在别人的地盘。

有则故事是说贫民区的一个黑人男孩，他经常被年长的黑人欺负，对方隔三岔五会来他家洗劫。又一次发生被抢时，黑人男孩拼了命上去迎战，对方立刻逃了出去，没有再来过。事后，他对别人说，我们的日子已经很艰难了，如果再被抢，就真的过不下去了。我的个头打不过他，但我会拼命，我要让他知道我也不是好惹的。

当时的西方人认为中国人麻木不仁，没有喜怒哀乐，要么邪恶如傅满洲，要么妖艳如龙女，此外都是灰扑扑的苦力。

小女孩的内心一定充满了委屈，也意识到虽然和这些衣着光鲜的白人孩子在同一个学校上课，但自己和他们是不一样的。无论外表上如何迎合西方人，她在白人社会里仍是个局外人，他们随时可以赶她走。

或许教育女孩不能像男孩那样。希拉里·克林顿出生在一个富裕的家庭，她幼时喜欢在院子里玩耍，有天被隔壁家的女孩扇了一耳光，从此她不敢再去院子里玩。希拉里的母亲知道后说："我们家没有胆小鬼。"希拉里走出去扇回那女孩一巴掌。中式注重隐忍、谦让，美式强调维护自身的利益。

担心女儿遭受种族歧视，父亲将黄柳霜与姐姐转去了唐人街外胡安街766号的华人长老派教会学校。在这里姐妹俩度过了一段愉快的学校生活。长老会学校在排华法案实施前的唐人街很活跃，这类学校后来成为推动美国实施有利于华人政策的积极先导者。华人重视教育，长老会学校将那些说英语的华人从异类中凝聚起来，成为日后抵御猖狂的种族歧视的坚强阵线。

黄柳霜常在店里帮忙，用得到的小费去电影院。此时，正值美国电影业从东部向洛杉矶发展的时期，唐人街因聚集了多种异族文化而被赋予危险新奇的色彩，常被作为电影取景地。幼年时她成长于蓬勃发展的第七艺术中心，好奇心重的孩子会表现出惊人的努力，她常逃课，积极地奔向她的梦想。

镜头下西方人对中国充满了猎奇心理，为免长途跋涉，他们会就地取景。唐人街对他们来说很具异域情调，神秘、难以理解，这里有廉价的中餐、劳工、商品，狭窄的巷子里有瘦瘦矮矮的身影。

9岁时的黄柳霜占了地缘优势，她常常去街头看正在拍摄的外景戏，华人聚集地是当时很多电影公司的外景基地，她不时在片场晃悠让制片人发现她。《泰坦尼克号》的主演李奥纳多·迪卡普里奥回忆起自己的成名之路时说，他经常去片场在制片人、导演面前晃悠，甚至翘课去。不知他是不是受了黄柳霜启发，对于热爱的事物人们都会废寝忘食地去追逐。

当她成为拍片场的常客后，拍摄人员给这个漂亮好发问的中国娃娃取名 C. C. C（Curious Chinese Child，好奇的中国娃娃）。14岁那年，她终于得到第一个角色——在电影《红灯笼》（*The Red Lantern*）饰演提灯笼的丫头。电影讲述有一半中国血统的女子，爱上传教士的儿子，遭到拒绝的故事。混血女子是白人主人和中国女佣的私生子，主演是当时第一红星纳姬睦娃，俄国血统，剧情需要东方面孔来搭配。17岁时，她终于在好莱坞第一部彩色电影《海殇》（*The Toll of the Sea*）中饰演主角，一个叫莲花的中国女孩，蝴蝶夫人式的悲剧人物。莲花从海中救起一个白人青年，并且爱上了他，却又面临两人不得不分离的悲剧，多年后男青年带着他的白人妻子返回旧地，莲花把她和男青年的孩子交给他的新家庭，自己葬身大海。

在影坛初露头角后，并不意味着有伯乐赏识。嘉宝有幸遇到贵人，她的恩师兼导演莫里斯·斯蒂勒，一个在嘉宝身上倾注所有感情，对她呵护备至的男人。黄柳霜没有这样的福气。嘉宝终身不嫁的原因是美丽与错误的谜团，黄柳霜想嫁人，在异族的夹缝中，她没能挣脱开命运的锁链。

她独立进取的个性，使她在家里也得不到支持和理解。遵守传统的千古遗训，成名后的她依然与家人住在一起。家是她的避风港，而每周150美元的高薪，使她成了家里的顶梁柱。

在事业上，打落牙齿和血吞，跟同行争角色，躲避身份认同的冷箭，就像小时候扎在身上的针。兄弟姐妹8个中，她负担起其余7个高昂的教育费用，她成不了宋美龄眼中的精英，她为未来的精英们支付账单，自己忍辱负重地在鄙夷、歧视中寻找下一个希望。

华裔身份和文化归属感至今是个难以解答的问题。

京剧麒派艺术创始人周信芳的女儿周采芹，17岁去英国学习表演，1959年11月，于伦敦威尔士王子剧院演出话剧《苏丝黄的世界》，出演交际花；1967年参加肖恩·康纳利007系列《雷霆谷》拍摄，她出演一个只有两个镜头的香港妓女；在《艺妓回忆录》出演年老的艺妓。周采芹在回忆录中写道：东方女人常被西方人幻想成"百依百顺的莲花处女"，不是东方娃娃，就是东方妓女，要不就是娃娃兼妓女。观众越广，要取悦西方观众，东方面孔的演员只能做出妥协。

符号的烙印有传承性，西方人对东方人的认同秉承着这一刻板印象。

黄柳霜生活的年代里，生存的境况要艰难得多，先驱们的杰出之处也在于此，他们的付出是场大冒险，偿还是未来化的抽象概念。在感情上，她也没什么好运。

她的离经叛道，使家里人甚至吓唬她拍电影会一节节丧魂落魄。循规蹈矩的父亲看出了女儿的梦想是她人生路上的地雷，与所有中国家庭一样，他希望女儿嫁个本分人，过相夫教子的平淡生活。没有见识过外面世界的精彩，永远不知道自己有多大的勇气奋起直追，一味服从并不适合有梦想的人。黄柳霜跟随自己的心，为自己决定今后的人生。她当然知道，走到这一步，回头路没有意义。

当时美国华人分两大类：住在唐人街的华人和精英华人。前者如黄柳霜的家庭，在餐馆、洗衣店干苦力，勤俭保守，本分传统，文化不高，黄柳霜即便嫁，夫家未必容得下她；后者精英是贵族，活跃在白人主流社会，如旧式四大家族中西文化混合的精英们，他们看不上在镜头前卖弄性感的戏子，阶层分明地不想共融。

黄柳霜个性独立，有强烈的事业心，她清楚这会成为婚姻中的定时炸弹。从她几段扑朔迷离的感情关系看，她内心锁定的婚恋目标是白人。

1922 年《人生》（*Bits of Life*）电影拍摄，制片人是 Marshall Neilan（又名 Mickey Neilan），比黄年长 14 岁，之前有过两次失败的婚姻，他是黄的初恋，是她视为结婚对象的男人。而沉溺酒色的 Neilan 是出了名的花花公子，两人一度计划去墨西哥完婚（当时加州法律，华裔女子不能与白人通婚），最终以分手收场，他以不能通婚为由离开了黄。

2005 年 1 月 29 日，美国《时代》杂志发表了一篇黄柳霜的报道，表彰和肯定了在 1925—1940 之间为美国电影做出过杰出贡献的非白人演员，黄柳霜名列其中。这份迟来的肯定，也许她仍在海外的亲属们能看到，文章中提到美国 1879 年制定法律禁止中国劳工拥有房产及与白人通婚。

爱情来来去去，极力想抓住的人往往落入一脚踩空的境地。她和 BBC 节目总监 Eric Maschwitz 有一段感情，Eric 为她写下了广为流传的歌 These Foolish Things（Remind Me of You），这或许是她一生中唯一可见的感情轨迹：

A cigarette that bears a lipstick´s traces

（一根沾了唇印的香烟）

An airline ticket to romantic places

（一张飞往浪漫之地的机票）

And still my heart has wings

（我的心仍带着双翼）

These foolish things remind me of you

（这些可笑的事物，让我想起了你）

A tinkling piano in the next apartment

（隔壁公寓的叮咚钢琴声）

Those stumbling words that told you what my heart meant

（那些在我心里，难以向你表白的话语）

A fairground´s painted swings

（舞池中衣着光鲜的男女旋转着）

These foolish things remind me of you

（这些可笑的事物，让我想起了你）

You came, you saw, You conquered me

（你向我走来，你看着我，让我无法抗拒）

When you did that to me

（当你对我做了这些）

I knew somehow this had to be

（我知道事情必然会如此）

The winds of March that made my heart a dancer

（三月的微风舞动我的心）

A telephone that rings, And who´s to answer?

（电话响了，但谁在乎?）

Oh, how the ghost of you clings

（噢，你的身影挥之不去）

These foolish things remind me of you

（这些可笑的事物，让我想起了你）

The scent of smouldering leaves the wail of steamers

（火车经过传来燃烧的味道）

Two lovers on the street who walk like dreamers

（两个恋人像做梦般走在街上）

Oh, how the ghost of you clings

（噢，你的身影挥之不去）

These foolish things remind me of you

（这些可笑的事物，让我想起了你）

How strange, how sweet, to find you still

（多么令人不解，却又多么甜蜜，身旁的你）

These things are dear to me

（这些事物对我而言如此亲切）

They seem to bring you so near to me

（它们似乎让你更贴近我）

The sigh of midnight trains in empty stations

（午夜里，空无一人的车站传来的汽笛声）

Silk stockings tossed aside, dance invitations.

（舞会邀请函伴着散落地上的丝袜）

Oh, how the ghost of you clings

（噢，你的身影挥之不去）

These foolish things remind me of you

（这些可笑的事物，让我想起了你）

这首充满爵士意蕴的歌，曾被 Rod Stewart、Bryan Ferry、黄翠珊等众多歌手翻唱，时至今日依然动人。最近一次听到是在 2006 年 American Idol 中由 Paris Bennett 翻唱。

随风而逝的爱情，尘起尘落时，都化为嘴角一抹不易觉察的苦涩微笑。多年后，人们听到这首被传唱的歌，渐渐地不大记得它承载着的哀伤故事。

三 / 世界的梦工厂

"爵士乐时代"的性感明星分为两类，一种是葛丽泰·嘉宝的神秘莫测，而另一种则是 Louise Brooks 这种不折不扣的爵士女郎：轻佻，放肆，无责任，对生活满不在乎，什么都不爱，除了自己。

"我骑马，唱歌，跳舞，作为妻子，情人，荡妇朋友等，甚至于烹饪都一败涂地！可是我从不用'未曾尝试'的借口逃避或谴责。我都全心全意试过了。"Louise Brooks 在自传里写道。

黄柳霜和 Coco Chanel 生活在同一个时代，高挑性感本就该是 Flapper Girl 一员。

这个团体的时尚先锋代表人物就是 Coco Chanel 本人及另一位时尚风向标 Louise Brooks。时尚大帝 Karl Lagerfeld 在威尼斯海滩上大玩复古展时，也是在向他的前辈们致敬。Flapper Girl 抽烟、喝酒、开车、化浓妆，全方位挑战传统制度，这正是 20 世纪 30 年代黄柳霜在好莱坞的写照。她反抗，更因为没有选择的余地。

法国女作家弗朗索瓦丝·萨冈，18 岁写下《你好，忧愁》，她延续了 Flapper Girl 离经叛道充满挑战的个性。

14 岁起，黄柳霜以小角色打开了她通往好莱坞的大门，她小时候的本名叫黄阿媚。导演们渐渐开始注意到这个小跑龙套，有角色就会叫她，那时她还是个快乐的跑龙套，在梦想与现实的边缘试探。

1921 年，她终于争取到在电影《人生》（*Bits of Life*）中与当时的好莱坞大牌男明星 Lon Chaney 合作，剧中她饰演他的妻子。皇天不负有心人，这让她的中国娃娃的造型涌现在各类电影杂志上，她的这个名字开始被人们记住。

17 岁出演好莱坞首部彩色电影《海逝》（*The Toll of the Sea*）获得好评如潮，她当时并未掌握多少演戏技巧，剧中的感受是她的真实写照。她甚至抢了 Lon Chaney 的风头，一向刻薄的影评人也对她发表了称赞，《纽约时报》写道：

"触发了观众对于角色所有的同情，并且她也没有通过过分的戏剧感使人产生抵触的情绪……她的角色展现了精致的准确感，她应该更多地在银幕上出现。"

她对中国服饰元素常常独特运用，敢于反抗的她，在着装上常常别出心裁，耳朵上戴颗嫩玉米，出席在伦敦的活动中，或披块钢琴罩似的布现身。她被传媒赞为：一朵透过象牙散发红光的玫瑰。

《海逝》的成功，使 19 岁的黄柳霜被默片时期的大导演和大明星 Douglas Fairbanks 挑中，让她在《巴格达窃贼》（Thief of Bagdad，又名月宫宝盒）中饰演蒙古女奴。片中她身穿比基尼奴隶装，最后死在 Fairbanks 刀下，性感又楚楚可怜，这让她一朝扬名国际。中国娃娃造型的经典发式，黑亮的大眼睛充满恐惧，饱满的轮廓搭配丰厚双唇，裸露后背，好莱坞按他们的胃口精心设计大特写。而今，这都成为各大颁奖典礼上女星们争奇斗艳的时尚风潮。影片中的香艳镜头，引起的哗然，使得电影海报迅速传遍欧美和亚洲，票房告捷，黄柳霜名声大噪，她成了电影杂志的封面女郎。

与所有先驱一样，成功是零星半点的火花，与她的成功相比，唾弃、排挤会来得更凶猛，父母亲更因为女儿的一意孤行伤透了心，没有任何背景的洗衣工女儿，想要出人头地根本是不切实际。

1928 年她毅然离开了好莱坞前往欧洲发展。

她在欧洲待了三年，她学会了英国上层社会的英语，还会说一口流利的德语、法语，略通意大利语、希伯来语。在欧洲的社交圈，她如鱼得水，甚至应邀出席英国王室宴会，她的华裔身份，使发生在她身上的事仿佛爱丽丝梦游仙境。

那个时代里，她的眼界、外语能力和独自游欧的魄力，连宋美龄也不见得能与之媲美。

在德国，她拍了电影《歌》（Song），《歌》给予了她空前的发挥空间；在英国，她主演了最后一部默片《皮卡迪利》（Piccadilly），当时的杂志盛赞她"使其他明星相形见绌"。她爱上了伦敦，和一个叫 Eric 的 BBC 记者。

三年后，她重返美国，好莱坞的明星们来去匆忙，再大的成就后没有突破也会回归平静，人们见惯了明星的盛衰史，何况还是个华裔女星。那年，她参加百老汇舞台剧《闪光》（On the Spot）的演出，她显示出舞台剧的表演天赋，《纽约时报》称她为"不可思议的纯情玉女"。凭借在欧洲打下的基础，她得以与日裔男演员共同担任《龙的女儿》的主演，消息传到彼岸，天津电影杂志对她的演出斥责道："派拉蒙又用黄柳霜的妓女形象来羞辱我们中国人了！"

一个女人在孤立无援的境地下，能支撑多久？

如今的观众喜新不厌旧，但处在一个20多岁女性已是几个孩子母亲的年代里，她必须面临让人难堪的质疑和指责，她竟没完成女人生孩子的义务。

为了使喜新厌旧的好莱坞不忘记她的努力，她选择的范围依然只有自损形象的角色，她的每次反抗只会遭到更猛烈的谴责。而最让她深受打击的是电影《大地》的选角事件，她如同腹背受敌的女人。

20世纪30年代，赛珍珠的小说风靡一时，《大地》（The Good Earth）一书因描写中国人与日本人的斗争而极大地增加了美国人对中国人的同情与支持，小说改编的电影也为银幕上中国人的正面形象提供了气势。

黄柳霜希望争取到出演女主角的机会，却遭到多方反对，尤其中国政府反对她出演这一角色，米高梅公司的中国顾问也指出每当她出现在一部电影中，报纸就会发表一系列她的照片以及她给中国人丢脸的控诉，这对不同于以往东方色彩的电影《大地》而言很不合适。

失去这个角色，意味着她失去了最后一个"咸鱼翻身"的机会。她给一位终身好友的信中，抱怨好莱坞认为她太中国而不适合扮演正面中国人的角色。她拒绝了制片方的建议，出演《大地》

另一角色，一个负面的中国女孩。她说："如果你让我出演阿兰，我会非常高兴，但是你让一个拥有中国血统的我，去演剧中最不得人心的角色，在一个角色全为美国人的电影里，我不能接受。"

最终选定 27 岁的德国女演员 Luise Rainer 饰演女主角——黄皮肤的阿兰。她曾获封 1936、1937 年两届奥斯卡影后，《大地》是她两部扛鼎作之一，她从没到过中国，但由她饰演的忍辱负重、被男人抛弃的"大老婆"农妇阿兰让奥斯卡评委感觉很逼真。这些都让黄柳霜更为失落。30 岁，年龄越来越不友好。

受此挫败后，黄柳霜第一次踏上了母国的土地，家人已从美国回到台山老家定居。

寻根之行中，她在上海受到了最热烈的欢迎，在场者中除上海电影界外，还有顾维钧大使及夫人，林语堂博士等社会名流，并和京剧大师梅兰芳共进晚餐。一向尖酸的媒体也似被她真人的明艳所打动，表现出了难得的友好。她动情地说：

"当我在德国受到影迷欢迎时，作为在场的唯一的一个中国人，我被一股强烈的孤独感所淹没！能与广大上海同胞在一起，是我盼望已久的一天！"

上海、香港行，她得到影后胡蝶和梅兰芳等的热情款待。早在 1930 年梅兰芳去访美演出时，黄柳霜已竭尽地主之谊，陪伴在侧，盛情招待。《良友画报》对她做了一系列报道，她还登上了杂志的封面，对她的专访中充分肯定了她作为好莱坞华裔第一女星的成就。

"我真希望我生在中国！"她由衷地说。在给美国友人的信中她写道："虽然中国对我来讲是个陌生的国度。不过，我终于回家了！"

她也多次表达要学习中文和中国戏曲，了解中国文化和历史的愿望。这次寻根之旅，唤醒了她流淌在血液中的爱国之情。

由于父亲从小的教育，黄柳霜虽长在美国，但对中国深情难忘。在她打算回国探亲前，她开始恶补国语（她只会讲广东话）。应该讲她极有语言天赋，当年为拍一部德语片，她仅花四个月功夫就可以用德语对白了。掌握了普通话，她交了不少中国朋友，包括一代戏剧大师梅兰芳，还有影后胡蝶。

与国内专业人士的这番会晤，使一直走在时尚前沿的黄柳霜也大开了眼界，短短 11 个月中，走南闯北，收获了大量有浓郁风情的旗袍、绣花椅套等各类物品。在她后来与克拉克·盖博合作的电影《好莱坞派对》（*Hollywood Party*）中，她尽情展示出了一件件婀娜妩媚的旗袍装。

仔细查找，网上还能找到她访问上海时期的 8 分钟新闻片段，黑白旧时光，虽然模糊不清，场面却如同众星捧月，这时的黄柳霜，也许一度感觉找到了家的亲切。

四 / 艳星与非议，被宋美龄封杀

　　在美国种族歧视与狭隘民族主义文化夹缝中，她一次次伤痕
累累。

　　黄柳霜探亲回美国后不久，抗战爆发，她出席各种聚会、集
会发表演说，呼吁美国支持中国抗战，并拿出首饰义卖全部捐赠。

　　1942—1943 年，宋美龄访美，她发表那篇著名演讲后引起美
国各界巨大轰动。在好莱坞，宋美龄的演讲引得许多著名影星簇
拥在她左右，却唯独没有黄柳霜，好莱坞一号华裔女星的身影。

　　英雄报国无门，古已有之，她以一个弱女子身份想尽点绵薄
之力，得到的是精英圈的拒绝。理由是，她代表的只有洗衣房、
餐馆里黑帮和苦力组成的旧中国人形象。中国还有大批受过良好
教育的精英，他们才是代表新中国的形象。

　　一个有政治头脑的女人，最先学会的是以男性目光看待女人
的"丢脸"。在善于政治作秀的宋美龄的压力下，黄柳霜无力
辩护。

　　战争中民众所受的苦难与屈辱，都比不过一个女人在镜头前
的"丢脸"来的愤恨。宋美龄可能没想到，在半个多世纪后的中

国，一个曾在华盛顿州附近打零工的苦力，被她排挤出局的劳工后裔，从美国横渡太平洋来到北京，以美国驻华大使身份出现，他是黄柳霜广东台山的家乡人骆家辉。

女人生得美，不能明摆着搔首弄姿，不然若没招来狂蜂浪蝶，先被围堵上来的女人口水啐死，尤其是出了名的正经女人，得处处提防着。

好莱坞对她的歧视并非致命，这个地方对后到者都带有偏见、歧视。

美国 1850 年通过的《反异族通婚法》是黄柳霜电影事业上最直接的阻碍，根据该法，她无法在荧幕上与任何欧美男演员接吻。而默片时代美国唯一稍有名气的亚裔男演员只有早川雪洲。彼时东方角色通常由白人饰演，因此，除非能有与之搭档的亚裔男主角，否则黄柳霜绝无可能出演女主角。

1920 年美国颁布禁酒令，公开饮酒是犯法的，作为一个清教徒国家，保守还是他们当时骨子里的观念。二战中，无论是太平洋战场或是欧洲战场，美军中有为数不多的黑人，造成这一局面的主要原因是二战时军队因各种原因采取了种族隔离政策。按照美国人的话就是"平等但隔离"。这意味着美国黑人士兵与同等级的白人士兵享有同等的待遇和福利，但只是表面上的平等。长官全是白人，有的指挥官本身就带有种族歧视观念。

种族歧视的问题，不仅仅针对的是黄种人。20 世纪 50 年代，阿肯色州州长为了阻止 9 名黑人学生上白人中学，派出国民警卫队占领了美国小石城中心高中。当时的美国总统是艾森豪威尔，西点军校毕业，二战盟军最高总司令，他毫不示弱，命令 101 空降师出动，占领小石城，让全副武装的空降兵护送黑人孩子上学。

到了 20 世纪 60 年代，美国人对白人女孩、黑人男孩的交往非常敏感。美剧《泛美航空》中有一段，空姐 Laura 和黑人军人在公众场合出现时，很快遭到几个白人青年挑衅，就因为黑人军人有一个非常漂亮的白人女朋友。当房东看到出租房里居然有个黑人跟 Laura 在一起，他直截了当地对 Laura 说要黑人滚蛋，不然他收回房子。编剧的设计很巧妙，结合当时的种族问题，这也是 60 年代美国的一个真实写照。

黄柳霜在好莱坞扮演的角色，大多比较低贱，造成这些的仅仅是好莱坞的歧视文化，抑或美国社会的歧视问题？

除了用自身实力去征服企图侮辱你的人，别指望他们会对一个华裔女孩网开一面，何况还是个国内"精英"不待见的女星。

女人凭搔首弄姿引起男人注意本就罪该万死，还丢脸丢到国外去，想红回来？痴人说梦！21 世纪，仍然是个奢望的事，80 多年前的默片时代，能被轻易放过？老上海月份牌上，曾因为找不到女演员，让男演员男扮女装；画报上终于出现女明星的泳装造型了，充其量也就是现在的盛夏装。

女星要将脱掉的衣服一件件穿回来，路途何其艰辛，终于守得云开见月明了，只要一有不当之处，终究要被人劈头盖脸地翻出老账一顿羞辱。女人的软肋，不过想嫁个可靠的人共度一生，生活再艰辛，有个真正爱她的人守着她，也就释怀了。

被外族歧视，出人头地后，总有机会给那些人一次猛烈反击；被国人误解以至口诛笔伐，哪怕她风光无限，国人也不会张开双臂拥抱她，她的委屈不被谅解。

美籍混血女演员 Maggie Q 曾谈起去台湾试镜时的遭遇："我清楚地记得有一次我去试镜，马上有人赶我出来，说：'你出去，我们不需要黑头发的，我们要白人。'直到现在，那边还是白人女孩更受欢迎。"

曾有一位华裔影评人评述黄柳霜的演出："我看见黄柳霜在一群半裸的女人中扭着臀部，除此之外，就再没任何演技可言。"所谓的半裸，只是露了大腿。

审美保守的环境下，能容忍好莱坞电影中白人演员大段的娇艳性感，并摆出开明的姿态看待。一旦换成"自己人"，心态又会十分微妙而矛盾。

五 / 好莱坞大道上有她的位置

　　1960 年时黄柳霜在好莱坞星光大道上被给予了一颗星，作为她对电影事业的贡献的肯定，地点在 1708 Vine Street。其堂兄黄宗霑，是著名电影摄影师，也是第一位获得奥斯卡奖的华人。

　　在她去世的前一年，她得到了这个迟来的肯定。在大洋彼岸，最终对她做出了公正的评价，她在一个无声和有声电影的时代里，与中国电影同岁。全世界的艺人们纷纷以各种方式冲向好莱坞，在如今这个相对宽容的时代里，她曾经的付出和忍辱已渐渐被人们遗忘。

　　对于 20 世纪 20、30 年代里的女星，非资深们也许只知道胡蝶、阮玲玉、好莱坞黄金一代，资深并专业级别者，或许才会在厚厚的灰尘中翻出一张张剪着齐耳俏丽黑短发的华裔女子海报。如果不是顶着被宋美龄"著名"的封杀，黄柳霜这样一位伟大而孤寂的女星很可能仍然不被大众了解。

　　黄柳霜和她的老乡骆家辉有着不相上下的祖辈，命运则完全不同。

　　事到如今，拨乱反正中她遭受的误解、委屈和被排挤，也已前尘往事尽成空，她去世后葬在母亲旁边，墓碑上一字未刻。

在她回乡探亲时，国内媒体曾讥讽她："她的墓志铭上应该写上：这是她一千次的死亡！"一名上海记者直截了当问她："为什么要演这么多屈辱的东方女性？"她回答说："那不是我的选择，即使我不演，也会有其他演员去演。而我会失去仅有的那一点'中国人演中国人'的机会！"

她讲的是真心话，却有多少人能接受事实？

坚强而有幽默感的她，自能读透个中嘲弄和凄凉。她有句自嘲的名言：中国男子嫌弃我做戏子，美国法律又禁止我嫁白人。

电影问世至今，已过百年，先驱们成墓志铭。

黄柳霜的生平事迹中，围绕着电影与歧视。她的感情深埋着，在与她或近或远的 9 人中，她差一点嫁给了 John Gilbert，两人曾合作过电影，或许只限于好友。Eric 是最著名的"绯闻男友"，他为她写下流传至今的歌曲。两位是女性，是和她合作《上海快车》（*Shanghai Express*）的 *Leni Riefenstahl* 和 *Marlene Dietrich*，她与德国艳后 Dietrich 有过一阵似是而非的传闻，照片上三个穿华丽服饰的女子站在镜头前争奇斗艳，她的笑容是如此婉约和大方。她还受到后来西方一些同性恋团体的推崇。

1950 年代始，她已很少拍片，偶尔参与一些电视节目制作。

她用一生走了一条艰难充满荆棘的路。民国老照片中大多是黄昏般的茶色相片，女明星们卷着大朵大朵的波浪发型，娇小、细瘦、衣着保守，永远的童花头和布袋。她的特立独行引发的多米诺浪潮，将她的后辈们甩开半个多世纪。

她大部分时间独自居住或与最小的弟弟住在远离华人区的公

寓里。银幕下的她酗酒成性，终生未嫁。对于结婚，她有太多的失望，另一方面她不甘心为了家庭责任放弃演艺事业，异族不通婚更是要害。她站在摩登时代的最前沿，经历了一次次新文化浪潮。受到自主独立的事业女性观影响，她选了一条远离世俗的道路。

先驱们绽放的独特魅力和魄力，后来者永难取代。

晚年的嘉宝对自己总结道：

"我荒废了一生，现在要改变自己已经晚了。我散步的目的是逃避现实。当独自一人时，我常想到自己过去的一切，有好多值得深思的问题。总之，我对这辈子是不满意的。"

黄柳霜和嘉宝殊途同归，她争取了她的整个人生，从未有妥协。

黄柳霜后因长期酗酒而导致严重肝硬化，这是国外网站上一段比较具体的描述：On February 3, 1961, her brother Richard summoned the doctor to their home. The doctor arrived at 3 PM and pronounced Anna dead from a massive heart attack. （1961 年 2 月 3 日，她弟弟查德找来医生去她家。医生下午 3 点赶到时，宣布她因严重心脏病病故。）

第十章

阮玲玉

一 / 爱上青梅竹马的少爷

她的爱情燃点低。

爱上一个人只是一个瞬间，为什么要思前想后这么多？

她少爱，她渴望这世界上纯粹的东西。因为她是戏子，所以等同轻浮女子？对每个人都好，对每个人都笑，美是美，没什么分量。

我们尊重政客，但不喜欢他们。我们喜欢明星，但并不尊重他们。

她循规蹈矩演一辈子戏，还会有人至今怀念如斯？如果不是因为她对这个世界决绝，她是那个年代里很多女明星中的一个，红过、哭过、挣扎过，妥协了，嫁了，没人再知道她了。

女明星光有演技不行，还要会来事。嫁得好，是傻人有傻福；嫁得不好，是惯例，何曾例外过？

20 世纪 30 年代，追星之势并不亚于今天，祖辈的风光岂止几张泛黄照片能阐述明白。

阮玲玉有一只小藤箱，里面塞满了男子对她吹捧求爱的信，她既不加以嘲笑，也不忍心将这些信撕毁，她把它们藏在小藤箱里，上面加把锁，还贴了张纸，写着：小孩子的信。

纵观老一辈赞许的美貌女子，有些拿在今天看依然很美，不单是外貌上的，更有种气质。那个年代里，受过高等教育、有留洋背景的女子位于名媛、名太的行列，活动的圈子在社交界，与之相伴的大多是政界要人。女明星的地位稍微特殊些，即使如此仍然是泾渭分明，你可曾见过宋氏三姐妹挽着哪个交际花、电影明星一起拍照、喝过咖啡？

那时候进电影圈的多是为生活所迫的人，被送去歌舞团学艺，补贴家用，小人物在银幕上来来去去，尤其幸运的几个才有出头之日。

阮玲玉的出身，一直是她讳莫如深的。初恋情人张达民在去世前出版了《我和阮玲玉》，他直到死也没有说出她守了一辈子的秘密。蔡楚生在他出版的《阮玲玉》开头十行便抖搂了这个秘密。

她6岁失去父亲，母亲是张家的保姆，张达民是张家的第四个儿子，标准的民国少爷与丫头的故事。

孤傲、神秘、孑然一身的葛丽泰·嘉宝出生在贫困的工人家庭，幼年丧父，当过理发店学徒，后去百货公司打工。

她对自我的不认可，折射出的是当时人们看待保姆女儿的普遍心理，在一个开明的环境里人才会意识到自身的价值。出生的环境，使得敏感的她在性格上被动、消极，给了后来出现在她身边形形色色的男人各种机会。

性格上的缺失，铸就了她银幕形象上的天赋，9年演员生涯，29部作品，塑造了尼姑、女工、村妇、教员、舞女、妓女、艺人、作家等。一年三四部电影，产量不算高，她接片很谨慎，精神上倾向于洁癖。放在现在的娱乐圈，接了几部烂片，权当磨炼演技。

她谨慎，唯恐被人抓到小错处。柔弱是她的姿态，在父爱缺失的氛围下成长，跟着母亲早早尝遍了生活的艰辛，她比普通女孩更渴望有个温馨、安定的家，能容纳她和母亲两个人，张家提供了最初的假象。

张达民生得白白净净的书生面孔，很有几分多情种子的意味。纪录片里的他仍保有公子哥的模样，与电影《阮玲玉》中吴启华的扮相很有几分相似。

少爷爱上保姆女儿的民国大戏，是随便一部鸳鸯蝴蝶派小说的保留戏码，稍微有点不同的是，后者结局也有修成正果，尽管过程足够虐心。阮玲玉拥有悲情女角的内、外条件，却没等到她生命中的主角。

很小的时候，在吃饭桌上，大人聊着玉石之类的首饰，外公忽然说到了阮玲玉，我以为外公是老影迷，后来母亲告诉我说，阮玲玉收养过一个女儿，养女后来嫁的那个人和外公曾是同事，跟外公的关系很好，母亲小时候还见过对方，那人后来去了香港做事，曾写信给外公。当时因为局势敏感，外公担心受到牵连，便将信件都烧了。我问母亲，信上都写了些啥？她说，他们在香港过得不错，写信来希望外公过去那边工作。

那时，从外公的口中得知阮玲玉是老上海时期的电影明星，拍过不少电影，年纪很轻，直到去世依然年轻轻的一个人。

25岁是个什么概念，对当时的我来说还是个很遥远的概念，远到时代翻天覆地、事过境迁。大人们也都知道阮玲玉，不知道是因为看过她的电影，还是因为她美丽，或者自杀？

真是触目惊心的字眼。

这几年，在各种消息报道中，"自杀"的话题随处可见。公众人物容易患上抑郁症，心理病症极其容易引起自杀倾向，抑郁症成为全球话题。人们从明星们的身上对抑郁症逐渐有了了解，在谈论这一话题时变得谨慎和重视起来。

但凡惹人心动的，福祸相依。

相比同时代的女明星，胡蝶比阮玲玉的命运还好些，胡蝶曾有过被国民党特工戴笠王"幽禁"4年的岁月，后来她逃离了戴笠的幽禁，外界记得更多的还是影后胡蝶。阮玲玉一生都向往有个可以依靠的人，却偏偏事与愿违。人们在读完她的生平后，忍不住发问：究竟谁真正爱过她？

对出现在她身边的三个男人，她都抱着长相守的期望，只为守得云开见月明。20世纪30年代的上海，中西融合，"同居"这个词汇也很频繁地能看到，但也要遮遮掩掩，开诚布公地谈论毕竟不成体统。海派上海引领了摩登风气，在当时小说家笔下，摩登的男人、女人同居在一起，并没有想象中受那么多谴责和质疑，明面上他们低调、保守，时髦一样会赶。

阮玲玉和张达民同居那年，她16岁。那时，张家极力反对娶个保姆女儿进门，后来阮母丢了在张家的工作，她也不得不从学校退学。张达民是个公子哥，他自有一套哄女人的办法，但要他肩负起今后的生活却是不能。

16岁的阮玲玉看不清她面临的问题，但她知道这样不对。

阮玲玉的演艺生涯是从她跨进导演卜万苍办公室试镜的那一

刻起开始的。她缓缓举步进门，摄影师出身的卜万苍双眼像摄影机上的镜头，对面前这位清瘦秀丽又举止优雅的试镜者认真打量了起来，问："你结婚了吗？"她迟疑片刻，答了声："说结婚又没结婚。"一种难言之隐伴随着屈辱感，使她的脸上不由自主地流露出哀怨凄楚的神态。卜万苍心里暗赞，要的就是这副悲抑之态，他甚至兴奋地说："你们看，她像有一种永远抒发不尽的悲伤，惹人怜爱。一定是个有希望的悲剧演员。"

她是心理暗示很强的人，用姿态感染周围的人，是她的天赋，她是天生要成为悲剧戏演员的人。

过暖的温度，会灼伤她的凉薄。

二 / 不仅仅只是块玉

张达民的名字，与阮玲玉如影随形，他几乎是被盖棺定论的拆白党公子哥，甚至在电影《阮玲玉》中看到吴启华在说到这个人物时脸上也流露着无奈的神情，她身边出现的三个男人都让人喟然，张达民最甚。

张达民有个哥哥叫张慧冲，在中国电影百年历史中，张慧冲扮演着举足轻重的角色，他是中国电影早期的创始人之一。张慧冲的思想很开明，看见弟弟和阮玲玉搬出去同居，生活没有来源，捉襟见肘是迟早的事，他问阮玲玉：你想不想当演员？

那个年代的中国电影明星很多都是无心插柳，处于默片时代的中国电影才刚刚发展，世界电影还处于好莱坞电影当道的阶段。16岁的阮玲玉在母亲陪同下去参加了导演卜万苍的试镜，这次试镜为她拿下了《挂名夫妻》中的角色，她的演艺生涯就此拉开了帷幕。

张达民和阮玲玉的这段初恋，如果说给予了她宿命的一生，但也是这位看似懦弱、不干正经事的张家四少，给了她看似很美的初恋。

唐季珊有钱有势，是电影公司的合伙人，旧照片上的真人原型，即便拿到现在来看，真是风流倜傥，尤其那对桃花眼，分明是个风月老手。权势和地位使他在情场、商场翻云覆雨。阮玲玉才20多岁的女子，除了一段铭心刻骨的初恋，对爱依然懵懂、彷徨。风情万种、迷离娇媚是影像上的姿态，她有颓废、迷人的气质，柔弱的性格，吸引着衣冠楚楚的掠食者们。

她出演的电影几乎都是默片，有一个经典的表情，侧脸仿佛对着天边的一角，明明在微笑，却流露着哀婉悲伤，这是她将自我的不幸和角色融为一体后真情的瞬间流露。

大约她对人世的态度亦是如此，微笑，笑着笑着眼泪掉下来。

大多数人的25岁，人生还没有定位，有份前途未明的工作，在学生人和社会人的角色之间挣扎着，不甚清楚今后的人生是否就这样，看到其他人都这么过来，于是也没多大的意见。

阮玲玉看到张织云的下场，她其实知道这一天离她并不遥远，再美再好，青春渐渐用尽了，可靠的男人依然没有着落。什么是可靠的，才华？女明星的才华是她的外表。民国名女人中，可有面目可憎的？没有，以貌取人（女人）是亘古不变的道理。

张曼玉接拍《阮玲玉》，有人问她：你在演阮玲玉的时候，你一定是研究过阮玲玉的，你觉得阮玲玉这个人的特征是什么？张曼玉说：我觉得阮玲玉的骨子里有一种讲不出来的妖媚。

张曼玉身上也有这种妖媚，但她更趋向于电影《青蛇》里的小青。当问到自杀这个问题的时候，张曼玉先就笑了，她当然懂得女人的万般无奈，以及拼命抓住幸福稻草却仍然一场扑空的焦虑。被问到实在没办法的张曼玉回答，如果我自杀肯定不是为了任何人。

阮玲玉是为了别人？她不傻，外界对她的指责只是一小部分。她张着一双宿命眼，仿佛看到了自己的收场。她不是张爱玲，可以一意孤行地离开，可以完全隔绝外界对自己的指责。阮玲玉有些自怜，不够狠；她也不是周璇，有着弄堂里长大的女孩的柔韧。她是她自己，感性上的完美主义与现实世界的诸般不对等，她失去了等待好归宿的热望，她是精神上的贵族，她也许该是个出生在张家的千金小姐。

从张达民、唐季珊到蔡楚生，阮玲玉的眼光从来不低。根据蔡楚生后来的照片上看，虽已有年岁，但颇为书生气，面目端正。他不仅有才华，还是英俊小生。甚至说，原型人物比电影里梁家辉的扮相更让人眼前一亮。

1926 年，16 岁的阮玲玉考入明星公司，到后来的大中华百合公司，她主演的影片多是通俗社会片，甚至是神怪片，角色大多是风尘女性，如三流妓女，以及受欺压悲苦死去的弱女子。1930年左右她换了东家，加入广东富商罗明佑在上海成立的联华影业公司，受新兴电影运动（又称左翼电影运动）影响，提出"复兴国片"的口号。当时中国电影刚刚摆脱西洋镜的瞧热闹阶段，充斥市场的是古装片、武侠片、神怪片。联华接连推出两部现代都市爱情剧：《故园春梦》《野花闲草》，主演都是阮玲玉，这次转机为她赢得了事业上的大丰收。

1929 年由罗明佑的华北电影有限公司、黎民伟的民新影片公司、吴性栽的大中华百合公司和但杜宇的上海影戏公司等合并而成联华影业公司。罗明佑任公司总经理并公开招股，股东很多身份显赫，董事长为英国籍贵族巨绅何东。稍微研究些民国历史的人很可能听说过何东家族，何家人丁极其繁盛，富可敌国，何东有个弟弟叫何福，是赌王何鸿燊的祖父；何东还有个弟弟叫何甘棠，他是李小龙的外祖父。

董事中还有张学良的原配夫人于凤至、前国务总理、前司法部长、前财政部长等人。除了这些有力的政治后台，"联华"还积聚了一批当时最有才华的电影人才，如著名导演孙瑜、费穆、史东山、卜万苍，演员阮玲玉、金焰等。有着"电影皇帝"之称的金焰，与阮玲玉合作过的电影有：《桃花泣血记》《野花闲草》《恋爱与义务》《三个摩登女性》等。他第一任妻子王人美，第二任妻子秦怡。

实力雄厚的联华影业，也正在积极筹划他们的影后。阮玲玉在联华开启了她生命中最绚烂精彩的几年。1931年，阮玲玉拍《桃花泣血记》，正值上海学生请愿游行。九一八事变东三省沦陷，比阮玲玉还小2岁的聂耳，在电影中都已经热血沸腾了。

阮玲玉天生温凉，与别的年轻人格格不入，敛眉颔首想自己的心事，她身上流露出也不尽然是遗老遗少的气质，就是没有"新"的概念，她守着自己的后花园：妈，女儿，与恋人的感情，演戏。一些角色的定位，很是贴合她的性情，她并不热心外界闹哄哄的事。胡蝶大方得体，在镜头前恪守着演员本分，很得年纪稍长的观众喜欢，而学生们更喜欢阮玲玉。

一·二八事变在上海爆发，日军把战火烧到了上海，此时，上海很多富商为了安全纷纷躲到香港，阮玲玉带着养女和张达民一起去。这次香港避难，她遇见了唐季珊，无论她去不去香港，作为股东之一的唐季珊，早晚都会出现在阮玲玉的生活中。他们相遇的这段场景，在电影中拍得十分精致又耐人寻味。

扮演唐季珊的秦汉留着两撇小胡子，目光中自有一种成熟男人的吸引力，他身边的女人是张织云，默片史上很有名的一位女明星。周璇养父母家的二哥周履安也曾是默片明星，张织云和周履安是早期默片电影中的银幕情侣，都是阮玲玉的前辈。

当人们在议论唐季珊和张织云的关系时，影片中借张达民的口说："我就喜欢张织云，够糜烂。"阮玲玉听了，只是一笑。这场戏唐、阮甚至没有一句对白，但在眼神流盼中都写得清楚分明。男人的滥情，并不能吓走她渴望抓住救命稻草的执迷不悟；气质相近的女人很吸引他，他又猎到了一个他完全能驾驭住的女人。

秦汉的眼神活脱脱就是唐季珊，有欲擒故纵的洒脱，又很懂得女人的进退自由，还有久经风月的气场和狡猾。茶叶大王的唐季珊深知张织云式的女人心，许下美好愿景，再辣手摧花。

张达民的眼神似乎察觉了唐、阮之间的电光火石，毕竟是相爱过的人，对方的小举动逃不过他的眼，他看着她在笑，舞跳得很开心，那是发展"潜在"恋情的先兆。张达民知道她找到了一个比他好的，她这次一定会离开他。

舞场外炮火轰鸣，就在人们谈论远在上海的战事时，唐季珊借机安慰了阮玲玉几句，张达民回头看到站在一旁的张织云，似在暗示他们都要被"甩开"了。

此时的张织云已息影，她比阮玲玉大6岁，时间上来算当时的她30岁不到，对演员来说正是演技上的丰收期，可她跟了一个财大气粗的男人，被关在家里抽鸦片。留存的影片、相片要么模糊不清，要么遗失。

遇见唐季珊这样的男人，女明星难免产生托付终身之念，何况唐是个"漂亮朋友"式的有钱老板。他身边的女人来去匆匆，在广东老家他还有个原配夫人，在他一贫如洗时，老婆娘家的家底对他事业的起步至关重要，离婚伤元气，他尽情拈花惹草，伤筋动骨地离婚，分明是徐志摩那类的傻书生才做的事，商人权衡利弊，这笔生意不值。

他对女人的各种好，让女方以为逼宫上升很有希望，他乐得女人都这么想，因为这些女人最后没跑的就发了疯，还有自杀的。

阮玲玉喜欢跳舞、穿旗袍，纤细的身姿婀娜曼妙，她是演员她知道怎么表现她的美，尤其一双凄美、迷离的月牙儿眼睛。唐季珊常邀请她去高级舞厅跳舞，出双入对的两人很快引起了周围的猜测，唐不失时机地献殷勤，大大满足了明星虚荣的一面。

张达民是她心头上难以愈合的伤，她像母亲对待孩子那样照料他，他所有的工作都做不长久，嗜赌成性，她每笔钱出入明细记录，拍电影的钱要养母亲和养女小玉，还有大孩子的张达民。就算没遇见富豪级别的唐季珊，她也不想和一个自立尚且做不到的男人再纠缠下去，那样她迟早会情绪崩溃。

女人有毒，男人致命。

唐季珊这样的男人，是感情脆弱之人的"杀手"。

他们打得火热时，收到张织云写给她的信，信上说：你看到我，你就可以看到你的明天。

在热恋期的阮玲玉听来，这是张织云"下堂妇"的过气话，她还年轻，还有资本赌一把。他们同居了，唐为她在上海新闸路买了一栋三层楼的小洋楼，母亲和小玉都住在大房子里，俨然是一家人了。

阮玲玉若是枚玉石，俱焚是她的天性。

三 / 人性可畏

在拍摄《新女性》时，她被家务官司缠上身。控告她的，是她自 16 岁起同居，两年多前协议分手的张达民。前几年，张家老主人去世，张达民四兄弟各分得一份遗产，游手好闲的张达民沉溺于跳舞享乐，很快山穷水尽。一·二八事变后，经济上并不富裕的阮玲玉带着养女、张达民去香港避难，在很多从上海过去的富豪中，她认识了比自己大 14 岁的广东同乡，茶业巨商唐季珊。

唐季珊早年毕业于上海南洋公学，之后赴英国留学。1916 年回国后，其父邀几名富商集资 10 万元设立华茶公司，由唐季珊负责经营。1930 年前后，华茶公司发展成为国内最大的中资茶叶商行。

唐季珊这时正与张织云婚外同居。更加年轻貌美的阮玲玉，很快进入喜新厌旧的唐季珊"狩猎区"，张织云这一页很快被翻了过去。面对唐的攻势，阮玲玉意识到她该替自己做个决定，这个选择无论是喜新厌旧抑或嫌贫爱富，23 岁的她，不能再与一个不知上进的公子哥耗下去，她好不容易为自己打开的新局面，不能葬送在张达民的手上。沉迷赌博后的张达民，早不是年少初恋时的那个知心爱人了。

离开张家，她从一个小姑娘蜕变成成熟、优雅的女人，张达民没有跟上她的步伐。

从香港回到上海后，阮玲玉与母亲何阿英和养女小玉，搬离北四川路鸿庆坊与张达民租住了多年的屋子，住进唐季珊在上海新闸路沁园村9号用10根金条买下的3层洋房。这期间，张达民先是丢了工作，不得已远赴福建谋职。1933年4月9日，在福建福清担任税务所长的张达民回到家里发现人去楼空，便去沁园村9号登门"拜访"。

这次"拜访"的结果，电影中阮玲玉对唐季珊说："张达民同意分居，但是每月要300块钱。"唐季珊的回答尽显商人本色："让我给啊，他愿意要钱对我来说是个太好的消息，证明他对你完全没感情，眼里只有钱，这容易应付。"甚而更进一步说，"男人和女人分手，还要问女人要钱，一点自尊也没有，没有自尊就容易讨价，我保证，给他100块他也要。"

经过讨价还价，双方签订《阮玲玉与张达民脱离同居关系约据》，其中第二款规定由阮玲玉每月支付张达民生活费，"每月至多100元为限，以两年为期"。两年后，没了经济来源的初恋男友以被抛弃者的身份诉讼她和唐季珊伪造文书、侵吞财产、诱使通奸。

这样惊爆的八卦，轰动似艳照门，历来豪门、明星的隐私绯闻是全世界八卦的重点。她是漂亮的女明星，没有桃色新闻反而让人觉得不值，加上张达民"现身说法"，调动起各类小报记者的挖掘欲望，人们正"喜闻乐见"着一个在银幕前搔首弄姿的女明星，在现实生活中是怎样的真实面目。

眼看阮玲玉的顺风顺水，正潦倒时的张达民开始了一种无赖纠缠方式，张公子时期的洒脱、风流转为小市民的斤斤计较、拆白党，他知道唐季珊的家底，开口就是5000。当红女明星的私生活，小报记者无孔不入地挖掘。张达民心里有气，他和阮之间的种种，就算他不想提，知道他的人也会兜来兜去地打探。不论过多少年，明星夫妇的婚变、感情终结都会被提起，几年，几十年，时间使人情冷暖沾染上尘缘。

阮的性格只想息事宁人，在这类事情上多做纠缠对她没半点好处，但唐季珊发话了："你要给他钱是可以的，我是不给的，但是我觉得你这样给下去的话，是没完的，他是一个无赖。"

张达民惊讶连阮玲玉这次也狠起了心，一纸诉讼状告阮在他们家时偷了多少东西，还将偷来的东西全给了唐季珊，唐也成了被告。

她会算进出的款项，但夹在两个为自身利益、名誉算计的男人中，她百口莫辩。一个告她、污蔑她，一个要她声明各自经济独立，急着和她撇清关系。

唐只想尽快从这堆破事中脱身，新欢他有的是，没有这么不消停的，他失去耐心了。这时，他也有了别的女子，当时上海滩上一个很有名的舞女，梁赛珍，舞跳得好，人也漂亮，也拍过些电影，与阮玲玉是一个圈子里的人，两人还是朋友，唐挖起墙脚完全不管不顾。

1991—1993年张曼玉赴美拍摄《双城故事》，其间与美术指导Hank相恋，没料到Hank竟将二人的情书在杂志上公开。她说与尔冬升是一出文艺片，此前，她的男友不是发型师就是设计师。两人在 1987 年 9 月 20 日她的生日宴会上邂逅，3 年后却因尔冬升的大男人脾气而分手。之后，她始终在不断恋爱，拍摄《阮玲玉》这年，Hank 在杂志上公布了署名"死鱼"的张曼玉写给他的数十封情书，别字夹杂，让人难堪。这还被导演王晶在电影《爱在娱乐圈的日子》中拿来讥讽。

这番穿越时空隧道的感同身受，使张因祸得福，张曼玉的扮相神似远大过形似。从一些老电影人的描述中会发现，阮玲玉是个在戏外很朴素的人，这种朴素更近似梅艳芳。

唐、阮从恋爱到同居，仅一年多的时间。在唐之前，有位导演曾两次邀请过阮接拍他的戏，均遭到拒绝，这位导演就是蔡楚生，他是中国第二代电影导演。

20 世纪年代初期，蔡楚生凭借《渔光曲》声名鹊起，那时他 27 岁。

他们是同行，一个导，一个演，又年龄相当，比起公子哥的张达民，茶叶大佬的唐季珊，蔡楚生是第一个和她有相似境况的男人，他们懂得欣赏对方。

阮玲玉身边缺的不是男人，而是一个能和她细水长流的人。蔡楚生当然知道她的花边新闻，他最后找到她演《新女性》，是否因她身上有艾霞的宿命感？

蔡楚生进联华影片公司后，独立编导了电影《南国之春》，他第一个想到的适合人选就是阮玲玉。1932 时阮玲玉是一线女星，对这位新导演，她很有顾忌，没有接。蔡楚生又导了一部电影《粉红色的梦》。他同样邀请阮玲玉出演女主角，但和前次一样，阮玲玉还是拒绝了他。

阮玲玉是红遍上海滩的明星，姿容妩媚，自有种哀婉，常穿旗袍，高开衩的、格子的、镶花边的、碎花的，也有纯色的阴丹士林布。烫着大朵的卷发，轮廓明媚。他很欣赏她，看过所有她主演的电影。

连赵丹也曾说："阮玲玉穿上尼姑服就成了尼姑，换上一身女工的衣服，手上再拎个饭盒，跑到工厂里的女工群里去，和姐妹们一同上班，简直就再也分辨不出她是个演员了。"

《联合画报》对阮玲玉的演技评价说："各名导演，演员拍戏时，重拍最少者，女为阮玲玉。阮玲玉拍戏极能领略剧中人物地位，临摇机前，导演为之说一二句，即贯通理解。拍时，喜怒哀惧，自然流露：要哭，两泪即至；要笑，百媚俱生。甚有过于导演所期望水准之上者，此密斯阮之所以独异于人也。"

名演员和新人导演合作的机会很小，难就难在双方都得是有慧眼之人。她很爱惜名声和面子，不做冒险的事，感情上冒险的事已太多了。对蔡楚生的才华，阮玲玉或许此前没注意到，或许她只是不懂得欣赏他。蔡楚生因为一部《渔光曲》风光上位，王人美更因此片一举成名，电影在金城大戏院连映了六十多天，主题曲灌成唱片后很快被抢购一空，卖了十几万张。直到这时，阮玲玉才知道自己错过了什么。

蔡楚生开拍电影《新女性》，第三次向阮玲玉发出了邀请。

关锦鹏在《阮玲玉》当中有段记录，说到在上海找黎莉莉做资料搜集时，黎曾提到阮玲玉在拍《新女性》时常在化妆间里面哼 Blue Angle。张曼玉一行人开玩笑说，她一定看到了他们之间的不少事情。电影中做出了个假设，阮玲玉在各种负面传闻下，对蔡楚生说："带我去香港，结了婚再回来，只要你舍得乡下的老婆和同居的舞女。"蔡楚生岔开了话题，阮玲玉拿上手提包，头也不回地走了。

你会说，为什么蔡楚生不答应她，为什么他这么软弱，他们本该是多么幸福的一对！

但蔡楚生是喜欢阮玲玉本身，还是作为一个演员的她？

1960年，蔡楚生为阮玲玉的汉白玉墓碑题词"一代艺人阮玲玉之墓"。"文革"时坟墓被毁，汉白玉墓碑遭人盗为猪圈垫石。

相知、投契、彼此欣赏，与男女感情也可以无关的。张、唐只把她当成"战利品"，他们不会坐下来和她谈她的未来和想法，蔡楚生会欣赏她，这让常常在取悦男性的阮玲玉心动不已。若说他们之间有暧昧，暧昧的界线是什么？

四 永远的二十五年华

蝴蝶儿飞去　心亦不在

凄清长夜谁来　拭泪满腮

是贪点儿依赖　贪一点儿爱

旧缘该了难了　换满心哀

怎受的住 这头猜　那边怪

人言汇成愁海　辛酸难捱

天给的苦 给的灾　都不怪

千不该　万不该

芳华怕孤单

林花儿谢了　连心也埋

他日春燕归来

身何在

——《葬心》

阮玲玉在拍摄《国风》后，于 1935 年 3 月 8 日半夜两点钟在上海新闸路沁园村的住宅服安眠药自杀。唐季珊买给她的这栋小楼，权当是把她一并埋了。《申报》1935年3月9日追记阮玲玉自杀的一篇报道中，有一节题为"前夜尚在，扬子饭店"。报道称她自杀：前日（六号）深宵十一时，尚在扬子饭店偕数男客同往共舞，当时见者颇多，殊为人所注意。人皆以为阮沉醉于灯红酒绿间，却不见伊人竟于昨日自戕，亦足以见人事无常也。

鲁迅曾写下《论人言可畏》一文指："她的自杀，和新闻记者有关，也是真的。"

1935年3月14日，她的灵柩从万国殡仪馆移往闸北的联义山庄墓地。生前的好友差不多都赶来了，将近300人。下午1时10分，由金焰、孙瑜、费穆、郑君里、吴永刚、蔡楚生、黎民伟等12位影界大腕将灵柩抬上灵车，沿途夹道相送者近30万人。美国《纽约时报》驻沪记者见状极为惊奇，发了篇《这是世界上最伟大的哀礼》的报道，文中配发了一幅插图，送葬行列中有一壮汉，头扎白布，身穿龙袍，寓意为"倘若中国还有皇帝的话，也会前来参加葬礼"。

1934年2月，艾霞吞下了生鸦片，当时报纸刊登了一篇散文写道：她走在春天到来的时候，她走在旧历新年大家废旧迎新的时候。

窗外传来一声声报童的叫卖："阿要看女作家韦明自杀？"

艾霞原本叫严以南，北平圣心女校毕业后她只身来到上海谋生，1931年在影坛初露头角，之后的两年拍了七八部影片。在她自编自导的《现代一女性》中，她就叫韦明。

你有什么不开心的，说出来让大家开心。最大的玩笑背后藏着最大的悲伤，这世界迫不及待地想看到新鲜头条，她向医生哀告：我要活，我要报复。

艾霞的同事孙师毅、蔡楚生以她为原型编导了电影《新女性》，阮玲玉接演了艾霞的角色，她拉过白被单，体会着艾霞在感情沦陷后近乎绝望的呐喊。她是在替艾霞拼尽全力地呐喊，还是为了已深陷绝境中的自己？

历史何其相似，半个多世纪后，香港导演关锦鹏的一部《阮玲玉》，找来梅艳芳出演却因故未果。张曼玉当时正被香港报纸夹击，她十几岁写给男友的情书，被对方卖给了香港媒体，她无处可逃。她找到了关锦鹏，积极向导演推荐自己能出演，卸妆试戏，只为更贴近角色。

演到那场阮玲玉失声痛哭的病房戏，历史又重演了，张曼玉拉过白被单失声痛哭，镜头定格在了病床上那个埋在被单下的身影。站在摄像机后的关锦鹏说："家辉，去看看 Maggie（张曼玉）。"梁家辉饰演的蔡楚生迟疑了下。这部电影为张曼玉赢得了第一项国际电影节影后桂冠，蜕变的过程充满辛酸。一个刚被初恋男友放了暗箭的女明星，一个被媒体恶意揣测私生活的女明星，当她饰演的阮玲玉在背后被人戳脊梁骨时，猛然地转身，眼神安静而愤怒，她恨这些既不关心也不了解她的人对她冷嘲热讽，她绝望自己是个女明星，任何时候都是死罪，越辩越污。

蔡楚生接受她，能改变她的命运吗？

他和当时很多留洋归来的导演不同，他告别妻儿，离乡背井来到上海寻求发展，在熬过了作为新人时期的各种艰辛困苦后，他终于在电影界打下了坚实的基础。这时放下一切，果真如同电影中的那段问话，与阮玲玉跑去香港结婚，后果是什么？唐季珊也许不会叫人把他套麻袋扔黄浦江里，但他到底是电影公司的大股东，让一个一心想在电影事业上有所作为的年轻导演，就这么葬送前途，是不是也很残忍？

更何况，其实他没那么喜欢她。很多人都看过电影《其实他没那么喜欢你》，别深究，标题就是明摆着的答案。

电影里常伴随着《葬心》的音乐响起，那是哀婉、缱绻的歌声。她是贪点儿依赖，贪一点儿爱，女人皆有虚荣心，没什么不好。常在社交网络上看到留言"一定要幸福"之类的文字，不禁疑惑，那些打下这句话的人可能是流着泪的，"幸福"不单单是美好愿望，它成为一种信仰，在通往彼岸的路上，人们一路跋山涉水。

《新女性》中的韦明就是艾霞，她是中国首位自杀的电影明星，除了拍戏，她还常发表小说和诗歌，曾被称为作家明星。荣耀面前，换不来感情的美好。年轻时她反对包办婚姻与家人决裂，在上海孤身闯荡，事业有成后，一场心碎之恋却让她失去活下去的勇气。她在诗里写：眼泪同微笑，接吻同拥抱，这些都是恋爱的代价。她服毒去世时，比阮玲玉还小2岁。

蔡楚生对好友艾霞的了解，还糅杂了其他感情，电影中借阮玲玉之口问了出来，蔡楚生没有回答。他找来阮做女主角，大约看出她们近似的悲剧气质，他要通过这部电影为好友讨个公道。

阮玲玉说："我多么想成为这样的一个新女性，能够摆脱自己命运的新女性，可惜我太软弱了，我没有她坚强。"

蔡楚生安慰她，两个同乡之间渐渐有了很多的默契，他们都有共同的不愿让人知道的过去。他的出现，让她看到了新的可能。

电影上映后，引起轩然大波，记者中很多是国民党当局的人，除了当局压力，女明星的私生活更被推到风口浪尖上。她想逃跑，经济上独立的她，内心依赖着能有个真心之人带她走。

悲剧收场成就了她身后之名，很讽刺。

她的自杀，让唐季珊感到棘手。她是当红女明星，被各类小报围堵的头版头条。她在服下安眠药后的 2 小时被发现，如果及时送去医院抢救，希望不是没有，但会闹得满城风雨。唐将她送去一个偏僻的日本人医院，这里可以替病人保密，送去后发觉晚上没有人。再转到唐的一个朋友开的私人医院，邹医生一看时间已超过 6 小时，此事非同小可，他提出要有医生会诊，最终众医生一致通过送去条件好的医院。从半夜 2 点到次日上午 10 点，她的抢救过程一转二转三转，她的老板黎民伟（黎姿的祖父）当时拍下张纪实照片，冷酷与幻灭，无可遮掩。

尚处在昏迷中的阮玲玉，是否听到唐季珊坚硬冷酷的心？听说，人体的各种感官，听觉是最后才消逝的。

阮去世后，公众要求唐公开她的遗书，他的理由是：这是阮玲玉给我最后的物件，我是不能交出来的，我是要保存的。阮玲玉太爱我了，我也太爱阮玲玉了，阮玲玉的遗书写得蛮肉麻的，我不好意思拿出来。

舆论重压下，唐季珊公开了那封传世"人言可畏"遗书，阮玲玉的遗书：

我不死不能明我冤，我现在死了，总可以如他心愿，你虽不杀伯仁，伯仁由你而死，张达民我看你怎样逃得过这个舆论，你现在总可以不能再诬害唐季珊，因为你已害死了我啊！我现在一死，人们一定以为我是畏罪，其实我何罪可畏？因为我对于张达民没有一样有对他不住的地方，别的姑且勿论，就拿我和他临脱离同居的时候，还每月给他一百元，这不是空口说的话，是有凭据和收条的。可是，他恩将仇报，以冤来报德，更加以外界不明，还以为我对他不住。唉！那有什么法子想呢？想之又想，唯有一死了之罢。唉！我一死何足惜，不过还是怕人言可畏，人言可畏罢了。

　　阮玲玉绝笔

　　　　　　　　　　　　　廿四年三月七日午夜

　　就在他向社会抛出遗书后不久，有人又在一家发行量很小的读物《思明商学报》上意外地发现了一份阮的遗书，这封由与唐季珊同居的女明星梁赛珍提供，是写给唐季珊的：

　　没有你迷恋"×××"（梁赛珍），没有你那晚打我，今晚又打我，我大约不会这样做吧！

　　我死之后，将来一定会有人说你是玩弄女性的恶魔，更加要说我是没有灵魂的女性，但，那时，我不在人世了，你自己去受吧！

　　过去的织云，今日的我，明日是谁，我想你自己知道了就是。

　　我死了，我并不敢恨你，希望你好好待妈妈和小囡囡。还有联华欠我的工资2050元，请作抚养她们的费用，还请你细心看顾她们，因为她们唯有你可以靠了！

没有我，你可以做你喜欢的事了，我很快乐。

当这份遗书发表以后，梁家姐妹，梁赛珍和梁珊珊从此消失。

在后来老电影人的研究中发觉，阮玲玉的司机，证明3月8号晚上那天，他们参加完宴会回去，唐、阮在车上发生过剧烈的争吵；和阮同住一条弄堂里的人，好几次看到阮站在家门口哭，唐不放她进门，也不许阮母开门，让她在外面待着。结合梁赛珍提供的遗书，细节处都能吻合上。

张达民后穷困潦倒，因患疟疾不治而死于香港，36岁。他参与过一部阮玲玉传记的电影，现身说法。

唐季珊后又娶妻，最终还是因风月之事，离婚收场。他之后去了台湾，生意惨遭滑铁卢，潦倒时沿街兜售茶叶。唐对阮母供养到1962年阮母82岁去世。

张达民直到死没有说出阮的出身，唐季珊在最后完成了阮对他的嘱托，他们并不是可以托付的人，但也许还没有坏到不可救药。

人不到身败名裂的地步，不会知道荣誉本就是个累赘。

阮玲玉去世后，默片电影时代落下帷幕。

搭档们眼中的阮玲玉

●卜万仓："她像有一种永远抒发不尽的悲伤，惹人怜爱"

合作影片：《挂名夫妻》《恋爱与义务》《桃花泣血记》《一剪梅》《三个摩登女性》《续故都春梦》

●孙瑜："与阮玲玉拍电影，是任何导演的最大愉快"

合作影片：《故都春梦》《野花闲草》《小玩意》

●费穆："你是一个太好的好人"

合作影片：《城市之夜》《人生》《香雪海》

●郑君里："我以为她是依靠了'直觉'"

合作影片：《人生》

●吴永刚："（她是）感光最快的底片"

合作影片：《神女》

●蔡楚生："她终究是一个太温情，感情太脆弱的人"

合作影片：《新女性》

图书在版编目（CIP）数据

绝代风华：盛开在旧时光里的奇女子 / 山亭夜宴著. —长沙：湖南人民出版社，2020.6

ISBN 978-7-5561-2146-5

Ⅰ. ①绝⋯ Ⅱ. ①山⋯ Ⅲ. ①随笔—作品集—中国—当代 Ⅳ. ①I267.1

中国版本图书馆CIP数据核字（2020）第049131号

JUEDAI FENGHUA SHENGKAI ZAI JIUSHIGUANG LI DE QI NÜZI

绝代风华：盛开在旧时光里的奇女子

著　　者：山亭夜宴
出版统筹：张宇霖
监　　制：陈　实
产品经理：刘　婷
责任编辑：李思远　田　野
责任校对：夏文欢
封面插画：娇　子
封面设计：杨　一

出版发行：湖南人民出版社有限责任公司［http://www.hnppp.com］
地　　址：长沙市营盘东路3号
电　　话：0731-82683357

印　　刷：湖南天闻新华印务有限公司
版　　次：2020年6月第1版　2020年6月第1次印刷
开　　本：880 mm × 1230 mm　　1/32
印　　张：8.625
插　　页：6
字　　数：200千字
书　　号：ISBN 978-7-5561-2146-5
定　　价：48.00元

营销电话：0731-82221529（如发现印装质量问题请与出版社调换）